心聲集

马凯 著

作家出版社

马凯

心聲集【目录】

感悟篇

揽胜篇

附录篇

自序

在中华人民共和国成立六十周年之际，作家出版社拟出版一套诗作丛书，其中包括再版我的诗词小册子。我把它不是看做对个人，而是看做对中华诗词业余爱好者们的鼓励。

我不是诗人。我是学经济学的，一九八二年研究生毕业后，先后在地方和中央经济综合部门工作。我偏好经济理论和热爱经济工作，但也钟情中华文化。我自幼喜读唐诗宋词，学余、工余偶有习作，在家人的怂恿下出版了诗词小册子。没想到，小册子引起了一些读者的共鸣，也享受到了与学长、诗人切磋诗艺的惬意。读诗、习诗、切磋，便成了我业余生活的一部分。快哉！

这本新的诗集，与作家出版社二〇〇七年版的《马凯诗词存稿（增订本）》比，主要是增加了三十九首作品。其中，除少量补遗外，多为反映近年来发生在祖国大地上令人难以忘怀的重大事件的新作。二〇〇八年年初，我国南方部分地区遭受了百年不遇的雨雪冰冻灾害。当时我在国家发展和改革委员会工作，按照国务院的要求，负责联合三十多个部门组成了国务院煤电油运和抢险救灾应急指挥中心，日夜吃住在办公室，协助党中央、国务院领导同志指挥协调全国的抗雪救灾工作。我深深地被我们民族的大无畏精神所感动、被我们举国一致的体制所震撼，写下了《组诗·抗雪十首》。当年五月，四川汶川历史罕见的特大地震发生后，我随温家宝总理在震后几个小时就飞抵现场，以后又五赴灾区。在那些惊天动地、刻骨铭心的日日夜夜里，我为灾区人民遭受的不可言状的创伤而流泪，为我们伟大人民不屈不挠、大仁大爱的民族精神而震撼，为我国社会主义制度的优越性而自豪。我真有种不吐不快的感觉。那时，白天，奔波在抗震救灾第一线；晚上，在火车上参加抗震救灾总指挥部会议；会后，组织工作人员起草会议纪要和向中央报告的文件等；后半夜，从工作人员起草文件到由我初审这之间空闲的几小时，便成为我构思、草拟诗稿的时间。最后几经修改，草就了《组诗·抗震十首》，我愿用诗去见证这场伟大的斗争，讴歌我们伟大的人民。那一年，大悲的事多，大喜的事也不少。北京奥运会、残奥会的精彩举办，神舟七号飞船的成功发射，同样值得大书特书。

这里，我还要特别说说为庆祝新中国成立六十周年而作的《满江红·漫漫复兴路三首》。第一首《新生》，力图描述几千年来中华民族探索强国之路的艰辛曲折的历程，一百多年来尤其是在中国共产党领导下为建立新中国所作出的历史功绩。第二首《奠基》，是对新中国成立后前三十年的一些思考，这是奠基的三十年、探索的三十年、曲折的三十年。第三首《腾飞》，是对新中国成立三十年后至今的一些思考，这是实事求是思想路线重新确立的三十年、是改革开放大踏步推进的三十年、是祖国发生历史性变化的三十年。说实在的，填这三首词有一定难度，不但是因为题材重大、反映的内容历史跨度大，而且是因为作为「满江红」词牌，一般要求用「入声韵」，且又「自讨苦吃」，第一首学步岳飞词的原韵，第二首学步毛主席词的原韵，像「缺」、「阙」、

「劦」、「夕」、「镝」等都是险韵，就更难一些了。草拟后，我送请多位学长、诗友指正。这些学长、诗友们的认真态度令人感动。他们提出的中肯修改意见，不少已经吸取。现在的刊稿，凝结着他们的智慧，在此，深表谢意。

我仍然愿意用我第一本诗集自序中的一句话作为本书自序的结束句，即：「倘若，或一首，或一句，于人有裨，于世有益，不废纸墨，不枉人时，足矣。」

是为序。

时二〇〇九年七月

沧桑篇

满江红·漫漫复兴路三首

为中华人民共和国成立六十周年作

新　生

汨水滔滔，听天问，几曾停歇。文景治，贞观昌盛，康乾威烈。无奈辉煌随落日，更悲硝雾遮明月。仰苍穹、渺渺路何方，心头切。　戊戌恨，谁能雪；辛亥梦，缘重灭。幸南湖破晓，日升云缺。社稷岂容倭寇侮，红旗不负先驱血。倒三山、众手扭乾坤，得天阙。

奠基

旭日东升，诗收拾，残垣断壁。开伟业，有人欢喜，有人抽泣。大雪压枝梅更俏，西风掠地旗难易。共弯弓、壮志换新天，穿云镝。

穷思变，移山急；贫受辱，兴邦迫。望蘑菇云起，扬威今夕。国误十年风雨乱，党除四害春雷激。但拨正、巨舰驭风行，谁能敌。

腾飞

大地回春，天解冻，江河蓄势。洪流涌，樊篱冲破，千帆争驶。绝处逢生更旧法，审时适变开新制。再启程、直上九重霄，凭天翅。百年耻，从此逝；成真梦，于今始。铸民康国富，和谐新世。未敢忘圆三步曲，更难永续千秋史。全赖有、别样路通天，旌旗赤。

二〇〇九年七月

注：

【汨水滔滔，听天问】战国时期楚国爱国诗人屈原为当权者所不容，被逐汨罗江畔。他忧国忧民，创作了《离骚》、《天问》等传世名篇。他的诗句「路漫漫其修远兮，吾将上下而求索」成为千百年来志士仁人爱国救民的心声。

【文景治】西汉文帝（公元前一七九年—前一五七年在位）、景帝（公元前一五六年—前一四一年在位）年间，继续实行汉初与民休息、轻徭薄赋的政策，国家政治清明，经济发展，为汉王朝的兴盛打下了基础，史称「文景之治」。

【贞观昌盛】唐太宗李世民在位期间年号「贞观」（公元六二七年—六四九年）。这是我国历史上政治、经济、文化空前繁荣、璀璨夺目的重要时期，后世称为「贞观之治」。

【康乾威烈】清王朝从康熙帝平定三藩之乱后经济发展出现全面繁荣，到乾隆时期，国力鼎盛，人口过亿，疆域大大超过前朝，经济总量世界第一，文化领域异彩纷呈。这个时期历时一百三十

余年，史称「康乾盛世」。但这个时期也开始对外闭关锁国，对内禁锢思想，使康乾盛世终成为封建盛世的绝唱。

【戊戌恨，谁能雪】一八九八年（农历戊戌年）六月十一日至九月二十一日，清朝光绪皇帝在康有为、梁启超等支持下实行维新改良运动，试图变法图强，拯救清王朝。由于保守势力的反对，变法仅经百日即遭失败。

【辛亥梦，缘重灭】一九一一年（农历辛亥年），孙中山领导中国资产阶级民主革命，成立中华民国，结束了中国长达两千年之久的封建统治社会。后由于袁世凯窃取了革命成果而最终失败。

【倒三山】指中国人民在中国共产党的领导下推翻了帝国主义、封建主义和官僚资本主义「三座大山」。

【得天阙】天阙，旧指天宫、皇宫。这里指在中国共产党领导下建立了人民当家做主的政权，成立了中华人民共和国。

【望蘑菇云起】原子弹、氢弹爆炸时都产生巨大的蘑菇云。这里借指一九六四年十月十六日和一九六七年六月十七日我国第一颗原子弹和第一颗氢弹分别爆炸成功。

【三步曲】指新时期我国经济社会发展的「三步走」战略。「三步走」战略最初是邓小平提出的我国现代化发展战略。按照党的十六大的部署，在新的历史时期，我国将分到二〇一〇年、到二〇二〇年和到二〇五〇年三个阶段逐步达到现代化的目标，这实际上是一个新的「三步走」发展战略。

减字木兰花・千年交替夜

暮云送日，一页翻过千岁史。朝旭惊宵，几缕迎来世纪交。

花开花败，尽阅沧桑天未改。钟抑钟扬，再换人间路且长。

一九九九年十二月三十一日

注：

【千年交替夜】一九九九年十二月三十一日夜，与众友同聚，看礼花腾空，听世纪钟鸣，仰旭日东升，迎接世纪之交年——二〇〇〇年的到来。

【一页翻过千岁史】这里感慨撕下一九九九年十二月三十一日这一天的日历时，一千年的历史瞬间就过去了。

【尽阅沧桑天未改】天，指天道，即规律。全句意思是，世纪经历了沧海桑田的巨大变化，但自然界的变化规律和人类社会由低级向高级的发展趋势却始终没有改变。

南歌子·新中国五十华诞

斗转人间换，移山万众和。蘑菇云起奈我何？臂挽狂澜笑看扑灯蛾。　改制除时弊，开关引先河。小康乘上快行车，手把春风岁岁奏新歌。

一九九九年国庆

注：

【新中国五十华诞】一九九九年十月一日参加了在天安门举行的盛大的新中国成立五十周年阅兵式和游行庆典，抚今追昔，感慨系之。

【蘑菇云起奈我何】五十年代末六十年代初，帝国主义从经济、技术上封锁新中国，前苏联又撤回了援华专家，国内经济困难重重。但毛泽东一声令下：「我们中国也要搞原子弹。」集中精兵强将，依靠全国人民的支持，于一九六〇年，我国成功发射了第一颗导弹，一九六四年十月十六日，又成功地爆炸了我国第一颗原子弹。之后仅用了两年零八个月，又成功地爆炸了第一颗氢弹。两弹上天，彻底粉碎了国外敌对势力的封锁，大长了中国人民的志气，对确立中国在世界上的大国地位起了至关重要的作用。

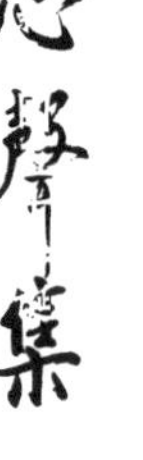

东风第一枝·中国共产党八十华诞

椽笔春秋，八十巨卷，雄歌壮曲无数。小船破夜灯明，古城揭竿弋舞。井冈烽火，证万里，燎原处处。荡倭寇、直下金陵，华夏五星旗树。

兴百废，唤来春住；奔四化，拓开新路。惊天两弹威扬，探月飞舟高翥。珠还耻雪，铸盛世，民安国富。倚天柱、坐看云翻，把酒再吟宏赋。

二〇〇一年七月

注：

【小船破夜灯明】一九二一年七月，中国共产党第一次代表大会在上海开幕，由于租界巡捕的搜查，最后一天会议改在浙江省嘉兴南湖的一艘游船上举行，宣告中国共产党成立。毛泽东同志为十三个代表之一。

【古城揭竿弋舞】指八一南昌起义打响了反对国民党反动派的第一枪，开始了中国共产党独立领导革命武装斗争的新时期。

【井冈烽火】井冈山，位于江西、湖南两省边界的罗霄山脉中段。一九二七年十月毛泽东率领秋收起义部队进军井冈山，在这里建立了中国第一个农村革命根据地。第二年四月，朱德、陈毅率部上井冈山，与毛泽东领导的部队胜利会师。

【征万里，燎原处处】一九三四年十月，毛泽东领导的中央红军主力从中央革命根据地出发，战胜敌军围追堵截，行程二万五千里，终于在一九三五年十月到达陕北革命根据地。毛泽东称万里长征为「播种机」，并曾写《星星之火，可以燎原》一文。

【荡倭寇】倭寇，明朝骚扰中国沿海的日本海盗。这里指八年抗战，打败日本帝国主义。

【直下金陵】金陵即南京。一九四九年四月百万雄师过大江，当月二十三日夜中国人民解放军占领南京，统治中国二十二年的蒋家王朝宣告垮台。

【四化】中国社会主义建设时期农业现代化、工业现代化、国防现代化、科学技术现代化的简称。

【惊天两弹】一九六四年十月十六日我国成功爆炸第一颗原子弹；一九六七年六月又成功爆炸第一颗氢弹。

【探月飞舟】一九七〇年四月二十四日，我国第一颗人造卫星「东方红」升空。

【珠还耻雪】一九九七年七月一日，香港回归祖国；一九九九年十二月二十日，澳门回归祖国。

沁园春·纪念毛泽东逝世一周年

才断天梁，又陨巨星，犹在梦中。见嫦娥舒袖，泪盈寰宇；吴刚捧酒，情满苍穹。马恩起身，列斯炙手，周引朱接上九重。携杨柳，众导师相聚，共论大同。

五洲骇浪排空，问大业怎容半道终？看爬虫尽扫，赤旗仍耸；狂澜力挽，百舸乃东。指画宏图，布新除旧，重整河山腾巨龙。慰先烈，有神州鼎立，几亿英雄。

一九七七年九月九日

注：

【纪念毛泽东逝世一周年】毛泽东于一九七六年九月九日晨在北京逝世。

【才断天梁】天梁指周恩来，于一九七六年一月八日在北京逝世。

蝶恋花·纪念毛泽东诞辰一百一十周年三首

革命篇

长夜沉沉难破晓。路在何方，北斗井冈耀。信手排兵神算妙，瓮中顽寇知多少。挥指八年驱虎豹。直捣黄龙，所向披靡扫。压顶大山三座倒，东方既白春来报。

建设篇

万物复苏闻号角。重绿河山，求索中兴道。亿万愚公齐步调，神州大地添新貌。　任尔风狂旗不倒。两弹惊空，从此无人藐。九曲大江奔未了，日斑何损光辉照。

魅力篇

敢问沉浮谁主导。武略文韬，指点寰球小。横目千夫魑魅扫，鞠躬百姓人师表。　骤雪飞时梅更俏。千古绝篇，多少人倾倒。功过是非争未了，人民自是情难老。

二〇〇三年十二月

注：

【直捣黄龙】黄龙：辽、金时期的黄龙府，今吉林农安县，金朝勃兴时的根据地之一。《宋史·岳飞传》：「飞大喜，语其下曰：『直捣黄龙府，与诸君痛饮耳。』」

【压顶大山三座倒】三座大山喻指新民主主义革命时期压迫中国人民的三大敌人，即帝国主义、封建主义和官僚资本主义。

【敢问沉浮谁主导】毛泽东《沁园春·长沙》有云：「问苍茫大地，谁主沉浮？」

【指点寰球小】毛泽东《沁园春·长沙》有云：「指点江山，激扬文字，粪土当年万户侯。」《满江红·和郭沫若同志》有云：「小小寰球，有几个苍蝇碰壁。」

【横目千夫】鲁迅《自嘲》：「横眉冷对千夫指，俯首甘为孺子牛。」横目：怒目而视。千夫指：原指众人的指责，这里指反动派。

【鞠躬百姓】诸葛亮《后出师表》：「鞠躬尽瘁，死而后已。」

【骤雪飞时梅更俏】上世纪六十年代初，面对帝国主义和各国反动派联合起来的反华叫嚣，毛泽东写下了一些光辉诗篇。其中《七律·冬云》写道：「梅花欢喜漫天雪，冻死苍蝇未足奇。」《卜算子·咏梅》写道：「已是悬崖百丈冰，犹有花枝俏。」

忆秦娥・怀念周恩来总理

清明节，音容又现群声咽。群声咽，丰碑心立，永难磨灭。

大鸾展翅弥天裂，殚精竭虑图宏业。图宏业，高齐泰岳，皓如明月。

一九七七年

注：

【大鸾】周恩来的乳名。

七律·纪念邓小平百年诞辰

少年求索乘云帆，
百色揭竿已掌鞭。
逐鹿中原驱倭寇，
鏖兵淮海扫狼烟。
扶危拨乱乾坤手，
革故鼎新锦绣天。
三度沉浮忠胆在，
一腔热血报轩辕。

二〇〇四年八月

满江红·抗日战争胜利六十周年

步岳飞词原韵

弹雨腥风，卢沟暗，泣声未歇。雄狮醒，家仇誓报，国恨尤烈。火海踏平驱倭寇，阴霾扫尽重明月。人亿万、忠骨筑长城，歌悲切。

民族耻，八年雪；谁兴孽，都将灭。帐神州大地，金瓯还缺。但使永承英杰志，不教空洒炎黄血。惟自强、屹世界之林，中华阙。

二〇〇五年八月

七绝·斥美恶行

血溅国旗怒断肠，
岂容恶霸逞张狂。
神州大地齐天吼，
不受欺凌惟自强。

一九九九年五月

注：

【血溅国旗怒断肠】一九九九年五月八日，以美国为首的北约集团悍然用四枚导弹轰炸我驻前南斯拉夫大使馆，使馆被毁。在这次事件中，我三名记者牺牲。从北京开始，接着在全国各地掀起了声势浩大的示威游行。

天净沙·参观世博会二首

夜　景

华灯明月交辉，轻风柔曲萦回。抱叶掩容阖蕊。
缘何恬睡？蓄芳来日夺魁。

中国馆日

翠山碧水妖娆，奇花异草弄娇。吐艳飘香争俏。
风骚谁领？牡丹花下人潮。

一九九九年八月

注：

【参观世博会】昆明世界园艺博览会于一九九九年五月一日至十月三十一日在云南昆明市举办。这是二十世纪末最后一次世界性博览会，主题是「人与自然迈向二十一世纪」。一九九九年八月十一日，抵昆明，当晚参观了世博园夜景，第二天参加中国馆日的活动。

【中国馆日】按照世博会规章，在会期间，各参展国和国际组织可确定某一天作为自己的馆日，举行有关仪式、各项技术文化活动。我国政府确定一九九九年八月十二日为中国馆日。

天净沙·巴中池园农家

春风云路人家，绯桃白李黄花。小院修竹新瓦。

荷塘月下，陶公也想听蛙。

二〇〇一年三月

注：

【巴中池园农家】巴中地区位于四川省东北部。发展池园经济，已成为当地脱贫致富的一种模式。

【黄花】这里指遍地泛金的油菜花。

江城子·贺青藏铁路开工

苍穹极目湛蓝空。簇白云，日喷红。三喜临门，两地庆开工。祈盼千年今愿了，天路上，驾钢龙。

但知艰险万千重。跨奔洪，越巅峰。露宿风餐，傲立笑冰封。公主有灵当洒泪，新世纪，尽英雄。

二〇〇一年六月

注：

【三喜临门】二〇〇一年六月二十九日青藏铁路格尔木至拉萨段开工，正值中国共产党成立八十周年前夕、青藏和平解放五十周年及中央第四次西藏工作座谈会刚刚闭幕之际。

【两地庆开工】青藏铁路开工庆典在青海格尔木和西藏拉萨同时举行。

【公主】这里指文成公主。

五律·庆北京申奥成功

北京胜出日，
华夏梦圆时。
槌落人掀浪，
花飞泪伴旗。
放喉歌盛世，
纵酒舞雄狮。
百感心潮涌，
五环最俏枝。

二〇〇一年七月

注：

【庆北京申奥成功】二〇〇一年七月十三日二十二时八分北京申奥成功，消息传来，瞬间举国欢腾。与友在长安俱乐部共享激动人心的一刻，后又与夫人、女儿回办公室取五星红旗，汇入长安街浩浩人群，尽享喜悦。

七律·写在北京奥运会残奥会圆满落幕之际

人间天上共婵娟。
美奂绝伦羞月窥，
竞技擂台奏凯旋。
和谐跑道争先进，
一轴画卷演斑斓。
万里长龙传圣火，
热泪纵横喜欲颠。
百年期盼梦今圆，

二〇〇八年九月

相见欢·三峡导流明渠截流观战

穿峡鼓浪奔流，万石投。激起排空飞柱，夺咽喉。

车接力，堰作臂，抱江收。喝令长龙俯首，立涛头。

二〇〇二年十一月

注：

【三峡】长江瞿塘峡、巫峡和西陵峡的合称。位于长江中游重庆市奉节县和湖北省宜昌市之间。

【导流明渠截流】三峡水利枢纽工程，是迄今为止世界上最大的水利枢纽工程，于一九九三年动工，分三期建设。一期工程至一九九七年以大江截流为标志完成。导流明渠全长三点七公里，渠宽三百五十米，是为解决三峡二期工程期间通航和过流而开挖出来的一段「人造长江」。在导流明渠内截流，修建三期围堰，是二〇〇三年完成二期工程、实现水库初期蓄水、船闸通航和首批机组发电三大目标的基础性工程。导流明渠截流施工从二〇〇二年十月二十五日正式启动，十一月六日上午胜利合龙。

采桑子·赞抗非典白衣战士

突来鬼魅兴风浪，没有硝烟。却在硝烟，遍地明烛火照天。

白盔素甲英姿裹，不见真颜。方显真颜，敢为苍生赴九泉。

二〇〇三年五月

注：

【突来鬼魅兴风浪】二〇〇三年春天，我国爆发了一场突如其来的非典型性肺炎疫情。当时病因不清楚，传播途径也不完全清楚，更没有掌握诊断、治疗和预防的有效办法。神州大地展开了一场抗击「非典」的全民战争。

【遍地明烛火照天】毛泽东为消灭血吸虫病而作的《七律·送瘟神》有云：「借问瘟君欲何往，纸船明烛照天烧。」

相见欢·贺我国首次载人航天飞船发射成功

云腾龙载神舟，太空游。翘首举国同仰，喜眉头。

世代愿，十年剑，一朝酬。诗到红旗插月，更风流。

二〇〇三年十月

注：

【神舟】二〇〇三年十月十五日上午九时许，我国首次载人航天飞船神舟五号发射成功。飞船绕地球十四圈后于十六日上午六时二十三分安全返回地面，使我国成为继前苏联和美国之后第三个有能力将航天员送上太空的国家。作者从发射现场乘飞机返京途中作此诗。

【十年剑】一九九二年九月中央批准立项载人航天工程，至发射成功，历时十一年。

相见欢·贺神舟七号发射成功

东风又送神舟，探天游。小小寰球尽览，乐悠悠。

出舱走，握星手，舞旗酬。从此中华足印，太空留。

二〇〇八年九月

注：

【贺神舟七号发射成功】北京时间二〇〇八年九月二十五日二十一时十分四秒，我国第三个载人航天器神舟七号飞船发射升空；九月二十七日十六时三十分，宇航员翟志刚出舱作业，实现了中国历史上第一次太空漫步，使中国成为第三个有能力把人类送上太空漫步的国家。

东风第一枝·西行随访

又倒春寒，冰凝雪骤，乌云欲卷天坠。但知去否难全，偏向虎山何畏。西行大任，赖国威，斯人无愧。巧布棋、措置裕如，绵里藏针应对。

坦笑处，接踵烟退；妙语出，多少人醉。一番故土深情，几多他乡热泪。冰融雪化，有道是，东来春水。叹恶浪、怎抵强楫，更信大潮难悖。

一九九九年四月

七绝·与某国项目谈判有感

咖啡美酒起波澜，
舌剑唇枪去又还。
善舍敢得维权益，
互利共赢路方宽。

二〇〇七年八月

五言排律·红军
飞夺泸定天堑

长空凌绝壁，
险壑荡激流。
铁索悬江挂，
苍鹰隔岸愁。
孤军遗碧血，
小指扼咽喉。
但有神兵降，
敢教妄语休。
擎旗张正义，
提首为自由。

不畏桥拍浪，
何妨缆断钩。
飞身穿弹雨，
箭步克碉楼。
气数残犹尽，
金汤固也丢。
仁师无对手，
勇士震顽酋。
壮举惊天地，
红军秉万秋。

二〇〇一年六月

注：

【泸定天堑】泸定桥位于四川省泸定县城西大渡河上，是一座铁索桥，由十三根铁索共一万二千一百六十四格扣环连接而成。

【狐军遗碧血】一八六三年，太平天国将领石达开在泸定桥南的安顺场强渡大渡河，未能成功，全军覆没。

【敢教妄语休】一九三五年五月中国工农红军在长征途中，从云南以东渡过金沙江，沿着当年石达开走过的地方，向大渡河挺进。蒋介石电令其部，说：「大渡河天险，是太平天国石达开覆灭之地，共军断难飞渡，必步石军覆辙。」

七言排律·冬宫感怀

暮雨冬宫漫步吟，
亦惊亦叹感怀深。
花岗岩柱擎皇厦，
大理石阶入殿门。
金璧交辉争占眼，
银灯变换比夺人。
雕梁仙子牵能走，
画栋神驹唤欲奔。
玉嵌琛镶携碧佩，
珠围绣裹伴红裙。
充廊绘塑连城宝，

满室镂镌旷世珍。
东进西征皆进贡，
南伐北取尽称臣。
兵戈每染平民血，
王椅常勾贵戚魂。
战舰凌空一炮响，
旌旗插顶纪元新。
掀潮鼓浪五洲震，
浴血卫国四海钦。
环宇飞舟人共仰，
腾霄云弹霸独呻。
昔时风范今安在？
一夜分崩荡不存。

元气自伤风瑟瑟，
雄姿再展路沉沉。
凭栏犹记兴衰史，
国固中坚道至尊。

二〇〇一年九月

注：

【冬宫】位于俄国圣彼得堡市，始建于十八世纪中叶，俄国沙皇的宫殿。

【战舰凌空一炮响】一九一七年十一月七日，停泊在涅瓦河畔的阿芙乐尔号巡洋舰按照列宁的起义计划炮击冬宫。第一个无产阶级专政的社会主义国家建立，标志着人类新纪元的开始。

【一夜分崩荡不存】一九九一年八月十九日苏联瓦解。

五律·拜谒胡志明纪念堂

移步出灵堂，
清容隐又彰。
安详人正睡，
悲楚泪成行。
同志加兄弟，
邻居补短长。
前车犹可鉴，
世代共帆扬。

二〇〇六年十一月十七日

组诗·抗洪十首

其一

洪水牵心

暴雨降，惊涛狂；
河汤汤，湖茫茫。
百年不遇三头碰，
疑是天漏龙翻江。
才报南洪危断缕，
又传北水险脱缰。
水位几经超历史，
民垸多少已汪洋。

洪水无情人有情，
荧屏日日牵心肠。

其二

众志成城

号令下，红旗扬；
橘红甲，迷彩装。
你挑沙袋我打桩，
军民团结筑钢墙。
生死牌由丹心铸，
管涌洞以铁胸当。
水涨堤长洪无奈，
人在堤在气更昂。

蜿蜒灯火接天月，
血肉长城锁大江。

其三

簰洲营救

堤脚斜，堤身裂；
狂浪啸，从天泻。
小院屋顶舟自行，
大树梢头人同咽。
冲锋舟载父老还，
救生衣暖情深切。
人家多少又团圆，
战士一去竟永别。

生还希望留于人，
感天恸地真英杰。

其四
九江堵口

九江段，四号闸；
泡泉涌，堤基塌。
轰然撕裂奔流急，
直趋街巷赛野马。
投石断水无踪影，
沉船堵口难作坝。
人头攒动传石链，
木桩打就接钢架。

鏖战五天终合龙，
雷鸣一声泪俱下。

其五
荆江化险

天突变，雨如剑；
水直逼，分洪线。
风萧萧兮荆江还，
嘱咐万钧重如山。
分洪坚守细掂量，
处变不惊自泰然。
增兵调峰巧安排，
严防死守保家园。

大浪排空擦肩过，
谁知其中险连环。

其六
保卫大庆

龙出水，虎下山；
天多大，水多宽。
防线两道痛失守，
油田三面环汹澜。
挥师十万垒天障，
旗海人浪何壮观。
激流拍胸身未抖，
惊涛灌顶腰不弯。

欢呼铁人今犹在，
磕头机唱入云端。

其七 科技显威

气象站，水文班；
调度室，战也酣。
初春已报龙闹海，
弯弓早备箭上弦。
水势雨情了如掌，
排阵布兵总周全。
妙手探堤除隐患，
高招堵口固弥坚。

拦洪截流巧削峰，
化险为夷又一关。

其八
手足情深

夜满星，月如银；
天有心，亦动情。
同舟何必曾相识，
共济应觉胜比邻。
百家饭菜香扑面，
万户衣衫暖入身。
老翁义演豪气壮，
稚童倾囊情意真。

一方有难八方助，
炎黄子孙本同根。

其九
灾后反思

洪魔退，夜难寐；
思萦回，可惭愧？
洞庭湖畔多民垸，
长江源头少植被。
泥沙肆意占河床，
蟠蛟无奈失栖位。
平垸还湖留水道，
植林退耕换山翠。

治水治国本相通，
天人和谐堪称最。

其十

精神永存

大会堂，人如潮；
庆胜利，学英豪。
擎天自有人民在，
降洪更觉华夏骄。
万众心齐能填海，
千军胆赤敢弄涛。
拨云破雾无阻挡，
踏浪斩鲸总风骚。

一曲壮歌传万代，
且看大地更多娇。

一九九八年十月

注：

【组诗】一九九八年中国气候异常，长江、松花江、珠江、闽江等主要江河发生了大洪水，在神州大地进行了一场惊心动魄的抗洪抢险伟大斗争。作者随国家防汛抗旱总指挥部走南上北，身临其境，感慨万分而作。

【百年不遇】一九九八年，长江洪水仅次于一九五四年，为二十世纪第二位全流域性大洪水，松花江洪水为二十世纪第一位大洪水，珠江流域的西江洪水为二十世纪第二位大洪水，闽江洪水为二十世纪最大洪水。

【三头碰】指长江中下游地区天降暴雨，上游来水与洞庭湖、鄱阳湖排水入江，三方来水叠加在一起，导致长江洪峰迭起，水位攀升。

【南洪危断缕】南洪指长江，汛期长江连续出现八次洪峰，其危若似断非断之丝缕。

【北水险脱缰】北水指松花江、嫩江，汛期嫩江堤防六处漫堤决口，其险若即将脱缰之野马。

【民垸】在江汉平原、洞庭湖、鄱阳湖平原的湖泊、湿地和河道上，围堤圈地耕种而形成的村落。

【橘红甲】指抗洪解放军官兵身穿的救生衣。

【生死牌】在抗洪一线，各级领导分段包干负责。有的领导干部在自己负责的堤段立下「生死牌」，誓与大堤共存亡。

【簰洲营救】簰，音排，地名。簰洲湾位于湖北省嘉鱼县境内，由于千里长江到此突然拐了一道大弯而形成，是武汉市最后一道自然屏障。有云「簰洲湾弯一弯，武汉水落三尺三」。一九九八年八月一日夜八点，大量管涌群造成堤脚砂基渗透坍塌，江堤撕裂，五万群众被淹，开始了一场惊心动魄的营救战。

【九江堵口】一九九八年八月七日长江大堤九江段第四、五号闸之间发生溃决，溃口达三十米。五千名解放军官兵与九江干部群众奋战五天五夜，采用钢木框架填充石料新技术，筑起三道围堰，终于堵口成功。

【天突变，雨如剑】七月底，长江第三次洪峰平安度过，且根据天气预报，八月上旬将是雨转晴，人们对南水似乎松了一口气，开始关注北江的洪水。但八月上旬突然又连降暴雨。

【水直逼，分洪线】按长江防洪预案，荆江大堤的预定分洪水位是四十四点六七米，最高保证水位是四十五米。一九九九年八月十六日凌晨沙市水位突破四十四点九五米，预计可能达到四十五点二米。

【风萧萧兮荆江还，嘱咐万钧重如山】国家防汛抗旱总指挥由湖北省荆江抗洪前线飞往北戴河参加中央政治局常委会议，汇报抗洪抢险工作。席间，长江抗洪前线不断传来沙市水位即将超过最高保证水位的报告。中央决定，国家防汛抗旱总指挥一行改变原定行程，当晚不再飞哈尔滨检查北水抗洪抢险工作，会后立即返回荆江处理危机。临行前，中央政治局常委授权国家防汛抗旱总指挥决定当夜是否分洪，并嘱托要慎重决策。

【增兵调峰】决定不分洪后，中央军委一声令下调来八个师增援湖北抗洪第一线，严防死守长江大堤，并加强了科学调度，暂时关掉葛洲坝、隔河岩等上游水库的下泄水闸，全力拦蓄洪水，削减洪峰流量。

【保卫大庆】大庆是中国第一大油田。八月中旬，嫩江洪水泛滥，直逼大庆，东北三十万抗洪大军展开了一场惊天动地的大庆油田保卫战。

【虎下山】喻指嫩江大水如东北猛虎下山咆哮而来。

【防线两道痛失守】八月十五日拉海县胖头泡大堤民工把守的地段决口，保卫大庆油田的前沿阵地胖头泡至肇源农场七队的第一道防线被洪水突破。八月十六日，发展村老中道大堤决口，第二道防线又被洪水突破。

【油田三面环汹澜】嫩江、第二松花江和双阳河的洪水从北、西、南成月牙形将大庆围困。

【铁人】大庆工人王进喜，是大庆精神的一面旗帜。

【磕头机】即抽油机，是油田的象征，当地百姓俗称「磕头机」。

【初春已报龙闹海】一九九八年春天，国家气象局作出了当年长江可能发生类似一九五四年的全流域型大洪水的判断。据此，国家防汛抗旱总指挥部较往年提早对防汛抗洪的准备工作作出全面部署，各地也作出了周密安排，加大了工作力度。

【百家饭】在抗洪抢险大堤上，饭菜都是家家户户凑起来的，吃「百家饭」成为当时一景。

【万户衣】全国人民为灾区捐款三十五亿元，捐衣物折款三十七亿元。

【洞庭湖畔多民垸】随着围湖圈地建民垸的迅速增加，洞庭湖水面急剧缩小。一九四九年到一九八四年间，洞庭湖区面积由四千三百五十平方公里减至二千六百九十一平方公里，库容由二百九十三亿立方米减至一百七十四亿立方米，严重破坏了洞庭湖区的生态环境和蓄洪功能。

【长江源头少植被】由于乱砍滥伐树木，使长江上中游植被受到严重破坏。据一九五七年调查统计，长江流域森林覆盖率为百分之二十二，水土流失面积为三十六点三八万平方公里，占流域总面积的百分之二十点二；三十年后的一九八六年，森林覆盖率降低一半，仅剩百分之十，水土流失面积猛增一倍，达到七十三点九四万平方公里，占流域总面积的百分之四十一。

【平垸还湖】【植林退耕】灾后，中央提出了「退耕还林、退田还湖，平垸行洪，移民建镇」的措施，并在长江上中游实施天然林保护工程，全面停止对天然林的砍伐。

【精神永存】一九九八年九月，在北京人民大会堂召开了大会。中央号召全国人民发扬「万众一心、众志成城、不怕困难、顽强拼搏、坚忍不拔、敢于胜利」的伟大抗洪精神。

组诗·抗雪十首

其一

冰雪突袭

气候乱，南国寒；
冰封地，雪漫天。
皑皑一片都不见，
帷有冰凌挂满山。
电塔八千接踵落，
车流百里滞行艰，
禾苗亿亩多僵死，
灯火万家已黯然。

父老乡亲心切切，
中南海里夜难眠。

其二

集结号角

无声令，党旗扬；
群情起，上战场。
率先垂范人心振，
万马千军斗志昂。
踏雪破冰无所惧，
饮风沐雨又何妨。
一方有难帮相助，
万众齐肩慨而慷。

路畅电通生计保，
攻坚擂鼓正铿锵。

其三
开路先锋

京广阻，人潮涌；
京珠堵，卧僵龙。
归心似箭急如火，
等米下锅半途中。
敢舍微躯融雪障，
拼将热血化冰峰。
迂回摆渡回乡送，
一路风寒一路情。

大道条条终顺畅，
笛声和泪向天鸣。

其四 光明使者

折腰塔，横地杆；
电网瘫，事关天。
集兵十万驱黑暗，
掘路伐枝越雪巅。
塔顶朔风吹面裂，
钢梁寒气透心穿。
肩扛铁架山尖立，
手引银弦阡陌连。

灯火人家重点亮，
梳妆少女影窗帘。

其五
雪中送炭

爆竹响，小矿歇；
冰雪阻，炭煤缺。
十万火急频报告，
几多电站叹长嗟。
矿井深处亲叮嘱，
困难当头显俊杰。
多少人家年夜饭，
隆隆钻镐声不绝。

乌金滚滚长龙送，
发电机歌奏大捷。

其六

神兵天降

险情号，破长空；
神兵降，军旗红。
哪里艰难哪有我，
金黴闪闪映银峰。
身披雪甲英姿展，
头顶冰盔胆气冲。
开道架杆方酣畅，
扶危解困又新功。

钢肩铁臂担天下，
砥柱中流子弟兵。

其七
守望相助

房屋倒，手足僵；
电停供，炊缺粮。
冰雪无情劫大地，
人间有爱恸穹苍。
新居移处家家暖，
好谷烹时户户香。
心热不曾识远客，
眉开疑是已还乡。

一声亮了看春晚，
举酒相邀泪满裳。

其八
重建家园

斩首树，光杆竹；
畜不叫，苗倒覆。
冰凌盖顶压不垮，
傲骨擎空岂低头。
万顷菜棚排重列，
千山草木绿再涂。
锵锵笑语车钳刨，
阵阵欢声牛马猪。

骤雪来时春岂远，
且看大地又新图。

其九

月下凝思

狂雪住，坚冰融；
大地静，夜半钟。
挂起证衣提起笔，
甜酸苦辣味无穷。
举国一体惊寰宇，
知著见微耳目聪。
细处成灾缘大意，
渴时掘井岂从容。

风云变幻寻常事，
未雨绸缪过硬功。

其十

华夏人赞

多磨难，五千年；
不言败，永奋前。
黄河九曲东流海，
泰岳千峰共柱天。
国有危亡声齐吼，
民何畏惧若等闲。
抛头洒血国魂在，
伏虎降龙凯乐还。

自力自强天行健，
大仁大义一脉传。

二〇〇八年三月

注：

【冰雪灾袭】二〇〇八年一月中旬至二月上旬，一场历史罕见的低温雨雪冰冻灾害袭击了我国南方大地，影响范围广，持续时间长，危害程度深，波及全国二十个省（区、市），多数地区为五十年一遇，有些地区为百年一遇，受灾人口达一亿多人。党中央、国务院率领全国人民艰苦奋战，展开了一场惊心动魄的抗击冰雪灾害的「人民战争」。

【电塔八千接踵落】因覆冰严重导致高压电线铁塔倾倒八千三百八十一基，前所未闻。

【车流百里滞行艰】受灾最严重时，滞留铁路客车三百八十七列、公路车辆七十万辆，旅客数百万人。

【禾苗亿亩多僵死】农作物受灾面积高达一点七八亿亩，绝收二千五百三十六万亩。

【灯火万家已黯然】灾害使湖南、贵州等省一百七十个县供电中断。

【率先垂范】在紧急关头，胡锦涛总书记、吴邦国委员长、温家宝总理、贾庆林主席先后亲赴一线指导抢险抗灾，中共中央政治局其他常委、国务院有关领导也都分赴灾区指挥协调，极大激发了人民群众的斗志。

【路畅电通生计保】党中央提出抢险抗灾的总体部署是「保交通、保供电、保民生」。

【攻坚】抢险抗灾中，先后组织开展了「抢通道路」、「抢修电网」、「抢运电煤」、「保受灾群众生活」和「保灾区市场供应」等五个攻坚战，艰苦奋战，相继告捷。

【京广阻】【京珠堵】二〇〇八年一月二十五日后，京广、沪昆铁路因断电运输受阻，京珠高速公路等「五纵七横」干线近两万公里交通瘫痪，二十二万余公里普通公路受阻，民航机场被迫关闭，造成几百万返乡旅客滞留在车站、机场和铁路公路沿线。

【迂回摆渡】铁路部门紧急调运五百五十七台内燃机车赶往受灾断电区段，替代电力机车摆渡运输和经由其他线路迂回运输，铁路职工、干警、家属全力为滞留旅客服务。春节前（二月五日），各地积压旅客疏运完毕。

【笛声和泪向天鸣】京珠高速公路粤北、湘南严重拥堵路段，坡陡冰厚，最多时滞留万余车辆。交通部门、地方政府、解放军、群众昼夜除雪破冰，二月四日公路抢通时，司机纷纷鸣笛致谢，响声震天，闻者无不动容。

【电网瘫】全国因灾停运电力线路三点六七万条，十三个省（区、市）电力运行受到影响。

【集兵十万】奋战在电网抢修一线的人员最多时达四十二万人。

【重点亮】截至三月十二日，全国因灾停运的电网线路恢复百分之九十五，因灾停运的变电站恢复百分之九十九，抢修电网攻坚战取得决定性胜利。

【爆竹响，小矿歇】春节前占总能力百分之四十的小煤矿相继放假停产。

【几多电站】电煤供应最紧张时，全国直供电厂存煤仅相当于正常水平的一半，缺煤停机的发电机组约四千二百万千瓦，十九个省（区、市）拉闸限电。

【矿井深处亲叮嘱】抢险抗灾关键时刻，胡锦涛总书记到大同煤矿井下四百米深处慰问一线采煤工人，并鼓励他们为国家多作贡献。

【困难当头显俊杰】春节期间，神华、中煤集团及大同煤矿等二千二百八十处地方国有重点煤矿发挥骨干作用，放弃休假，坚持生产，煤炭产量增长约百分之三十。

【乌金滚滚长龙送】铁道、交通部门组织抢运电煤攻坚战，铁道运电煤日均装车达四点三万车，比上年同期提高百分之五十三点九；大秦铁路日均完成一百万吨运量，同比增长百分之二十二；秦皇岛等北方四港日装船一百三十万吨，同比增长百分之二十四。

【发电机歌奏大捷】经过各方面共同努力，集中生产抢运电煤攻坚战取得决定性胜利。截至二〇〇八年二月二十四日，直供电厂存煤达到二千七百七十万吨，可耗用天数由一月二十六日的七天恢复到十四天左右的正常水平。

【神兵降】人民解放军和武警部队累计出动一百一十六万人次，公安民警先后出动五百九十四万人次，承担了抢险抗灾中最为艰巨的任务，为人民再立新功。

【房屋倒】灾区倒塌房屋共计四十八点五万间，损害房屋一百六十八点六万间，紧急安置转移一百六十六万人。

【人间有爱恸穹苍】保证受灾人民群众「有饭吃、有衣穿、有住处、有病能医」始终是抢险抗灾中的首要任务。中央政府及时下拨自然灾害生活救助资金十八点二四亿元，向灾区调拨棉被四百三十一万床，棉衣五百五十八万件，方便食品二千零八十五万吨，蜡烛、手电、照明灯等一千万支，海内外向灾区捐助二十二点七五亿元。

【一声亮了看春晚】温家宝总理在湖南省、贵州省部署救灾，要求除夕前绝大部分地区恢复供电，让灾区群众能看上中央电视台「春节晚会」节目。经过各方面团结奋战，二月六日除夕，全国因灾停电的一百七十个县城以及百分之八十七的乡镇基本恢复用电。

【斩首树，光杆竹】覆冰林木树冠折断，受灾林木面积达三点四亿亩，惨不忍睹。

【畜不叫】据农业部统计，截至二月十四日，因灾死亡禽畜总数七千四百五十五点二万只头，其中生猪四百四十四点七万头，牛四十三点五万头，羊一百六十八点三万头，家禽六千七百三十八点五万只。

【苗倒覆】油菜、蔬菜受灾面积分别占全国秋冬种油菜、蔬菜面积的百分之四十八和百分之三十四。

【举国一体惊寰宇】抢险抗灾中举国动员的体制体现了我国的政治优势，有国外媒体称，只有社会主义中国才能做到这一点。

【耳日聪】国家气象部门及时发出雨雪冰冻天气预报。国务院有关部门从二〇〇七年十二月十九日起至二〇〇八年一月二十一日，连续五次发出灾害预警通知，要求做好抗击冰雪的各项应对工作。

【天行健】《周易》曰：「天行健，君子以自强不息；地势坤，君子以厚德载物。」

组诗·抗震十首

其一 天塌地陷

大地抖，腥风虐；
川改道，山崩裂。
泥流石瀑从天泻，
广厦顿失烟灰灭。
千镇万村呼无应，
断桥残路飞难越。
疮痍满目家何处？
唯听废墟声声咽。

父老乡亲你在哪？
十三亿人心滴血。

其二
集结号响

霞惊天，令急颁；
鹰展翅，箭离弦。
风驰电掣犹嫌慢，
恨不分身瓦砾边。
雨倾山摇全不顾，
排兵布阵陋棚间。
八方四面群英汇，
万马千军抢入川。

国难当头齐呐喊，
五星旗下肩并肩。

其三 生死博斗

请挺住，别远走；
祖国在，坚相守。
派天兵堵鬼门口，
争秒分与死神斗。
顶断梁开希望路，
冒余震救亲骨肉。
残垣但见光一缕，
钻撬刨搬不撒手。

地狱劫生八万还，
人间奇迹新谱就。

其四
铁军无前

绝壁悬，激流湍；
灾情迫，火速前。
十万大军强挺进，
飞石箭雨若等闲。
拼夺孤岛盲区降，
抢掘废墟望眼穿。
生命方舟肩托起，
亲人岸上泪满衫。

降洪伏雪英雄手，
蜀道难拦补裂天。

其五
国旗半垂

国旗垂，山河泪；
长风咽，人心碎。
八万同胞一瞬殁，
天何糊涂人何罪。
雏鸽无恙鹰折翅，
乳子安然娘长睡。
永恒雕像心中矗，
天堂路上可宽慰？

笛声回荡向谁鸣，
生命至尊民为贵。

其六
悬湖化险

落石堵，奔流阻；
河塞堰，湖悬谷。
水涨怕逢倾盆雨，
堤决狂泻猛于虎。
千钧一发箭在弦，
除险撤离同部署。
倾巷空村急转移，
开渠导泄分秒数。

手牵洪魔驯从流，
浩浩安澜过巴蜀。

其七
爱心奉献

川内外，寰宇中；
地咢裂，心相通。
南北东西齐援手，
炎黄一脉本根同。
甘甜母乳孤儿醒，
荡气遗书壮士情。
献血长龙人堵路，
解囊绵薄土积峰。

真情不语天流泪，
大爱无私地动容。

其八
重新出发

洗去血，抚平伤；
含着泪，再起航。
天塌地陷腰未弯，
浴火重生头更昂。
瓦砾从中兴广厦，
残垣断处种新秧。
飞桥又架通天路，
信手共织锦绣乡。

篷帐学堂灯一盏，
凤凰涅槃铸辉煌。

其九
人生感悟

面对死，怎做人；
灾难后，悟可深？
失去方觉生宝贵，
幸存当会懂知恩。
虚名浮利原无谓，
博爱亲情乃至珍。
应信平凡出伟大，
从来烈火铸真金。

来时去也何牵累，
奉献无私自在身。

其十

华夏再赞

惊天地，泣鬼神；
五洲叹，四海钦。
多难兴邦缘何在，
临危万众共一心。
山崩地裂脊梁挺，
蹈火赴汤涌千军。
开放坦诚新形象，
自强仁爱民族魂。

顶天立地何为本？
日月同辉大写人。

二〇〇八年六月

注：

【天塌地陷】二〇〇八年五月十二日十四时二十八分，四川省汶川县发生特大地震，震级达里氏八级，最大烈度达十一度，波及四川、甘肃、陕西、重庆等十六省区市，受灾面积四十四万平方公里，受灾人口四千五百一十六万人，是新中国成立以来破坏性最强、波及范围最广、救灾难度最大的一次地震。

【广厦顿失烟灰灭】截至二〇〇八年六月二十四日，倒塌房屋七百七十八点九万间，损坏房屋二千四百五十九点二万间。

【千镇万村呼无应】地震损毁光缆里程三万五千零九十一公里，

基站三万一百零九座，造成一百零九个乡镇一度通信阻断。

【断桥残路飞难越】地震造成交通基础设施严重损毁，震中地区周围的十五条国道省道干线公路和宝成线等五条铁路中断，受损公路里程达五万三千二百九十五公里，损毁桥梁六千一百四十座。

【令急颁】胡锦涛总书记在地震发生后第一时间迅即作出指示，要求「尽快抢救伤员，保证灾区人民生命安全」，并于当晚主持召开中央政治局常委会议，全面部署抗震救灾工作；温家宝总理震后四个多小时即飞抵四川地震灾区指挥抗震救灾工作，并在飞机上召开紧急会议，成立国务院抗震救灾总指挥部和八个抗震救灾组，部署相关工作。

【排兵布阵陋棚间】五月十二日晚十一点四十分，温家宝总理在地震灾区都江堰市临时搭起的简易帐篷内主持召开国务院抗震救灾总指挥部会议，部署抗震救灾工作。

【生死搏斗】中央多次强调，要把抢救被困群众作为第一位任务；抢救人的生命，是救灾工作的重中之重。

【钻撬刨搬不撒手】中央领导同志要求，对于被困人员，只要有一线希望，就要做百倍的努力，决不放弃。

【地狱劫生八万还】截至二〇〇八年七月十一日十二时，从废墟中共救活被掩埋人员八万四千零一十七人。

【十万大军强挺进】为支援抗震救灾，共出动军队和武警部队十三点三万人，民兵预备役人员四点五万人，累计出动各种飞机七千零二十五架次。

【拼夺孤岛盲区降】地震后受灾严重的乡镇、村庄与外界彻底失去联系，成为一座座「孤岛」、「盲区」。按照胡锦涛主席「进村入户」的要求，各路救援队伍不畏艰险，冒着余震滚石，纷纷挺进，于五月十四日中午到达全部受灾县，十五日二十四时到达全部重灾乡镇，十九日十四时到达所有受灾村庄。

【生命方舟肩托起】截至六月十二日，共解救转移被困群众一百四十余万人。

【国旗半垂】国务院决定，二〇〇八年五月十九日至二十一日为全国哀悼日。在此期间，全国和各驻外机构下半旗志哀，停止公共娱乐活动。五月十九日十四时二十八分起，全国人民默哀三分钟，此时汽笛长鸣，举国同悲。

【八万同胞一瞬殁】截至二〇〇八年六月二十三日，已确认因灾遇难六万九千一百八十一人，受伤三十七万四千一百七十一人，失踪一万八千一百八十九人。失踪人员中相当数量可能已经遇难，估计遇难总人数将超过八万人。

【雏鸽无恙鹰折翅】受汶川地震影响，四川德阳市东汽中学教学楼坍塌。在地震发生的一瞬间，该校教导主任谭千秋像童话里的天使一样，张开双臂趴在课桌上，用身体死死护住四个学生。四个学生得救了，他却献出了五十一岁的生命。救援人员发现他时，他依然保持着像雄鹰一样张开双臂、奋不顾身保护学生的姿势。

【乳子安然娘长睡】五月十三日中午，救援人员在北川县城一座废墟里发现一位死去的母亲，并在她的怀里发现一个三四个月大的孩子。因为有母亲身体的庇护，孩子毫发未伤。随行医生在为孩子做检查时，在包着孩子的被子里发现有一部手机，医生无意碰了手机屏幕，屏幕上显现一条已经写好的信息：「亲爱的宝贝，如果你能活着，一定要记住我爱你。」看惯了生死离别的医生，无不动容而泣。

【生命至尊民为贵】为汶川地震遇难者确定全国哀悼日，是我国首次为严重自然灾害中的遇难同胞举行的全国性哀悼活动。国内外舆论一致认为，设立全国哀悼日寄托着政府对遇难者的尊重，对生者的关怀，是以人为本理念的特殊体现形式。

【悬湖】指堰塞湖。是指由地震等原因引起山体滑坡堵截山谷、河谷或河床后贮水而成的湖泊。堰塞湖一旦堵塞物溃决，湖水便倾泻而出，造成洪灾等灾害。汶川地震形成很多堰塞湖，其中出现险情的就有三十四座。

【除险撤离同部署】汶川地震形成的最大的堰塞湖是唐家山堰塞湖，库容最高时达到二点五亿立方米，一旦溃坝，危及当地百万以上人口安危。党中央、国务院对唐家山堰塞湖排危抢险工作高度重视，要求把工程抢险和群众转移避险工作同时安排、同步进行，确保不出大的问题，确保群众生命安全。

【倾巷空村急转移】为做好唐家山堰塞湖排危抢险工作，对下游

绵阳市三十三个乡、一百六十九个社区的二十多万名群众实施紧急转移，出动五千三百多名解放军和预备役人员协助，设置二百五十二个临时安置点。撤离完成后，又组织人员进行拉网式搜索，确保不漏一人。

【开渠导泄分秒数】地震灾区暴雨连连，五月二十二日——二十四日唐家山堰塞湖水位每天以两米的速度上升，气象台预报强降雨即将来临，危在旦夕。武警水电官兵冒着生命危险，与洪水争速度，用六个昼夜在唐家山堰塞湖坝上开挖了一条长四百七十五米、宽五十米、深十二米的泄流渠。

【手牵洪魔驯从流】六月十日，唐家山堰塞湖洪流顺着泄流渠滚滚而下，流量最高达每秒六千四百二十立方米，随后逐步下降。洪峰流出灾区，标志着洪流已驯服于智慧的中国水利专家和英勇的中国军民，整个泄洪过程无一人伤亡，创造了世界上处理大型堰塞湖的奇迹。

【甘甜母乳孤儿醒】四川江油市公安局民警蒋晓娟义务为急需哺乳的灾区孤儿喂奶，却把自己才六个月大同样需要母乳喂养的孩

子交给公婆照料。她的事迹被广为传颂，人们亲切地称她是「警察妈妈」。

【荡气遗书壮士情】五月十三日，空军空降兵某部的四千五百名官兵，慷慨写罢遗书，作为空军救援部队第一梯队赶赴灾区。五月十四日，十五名空降兵官兵在地形和天气条件极为恶劣的情况下，从数千米的高空跳出机舱，成功伞降，并圆满完成了侦察救援任务。

【献血长龙人堵路】全国各地群众献血热情高涨，纷纷要求为灾区人民奉献爱心，不少地方出现为献血连夜排队的情况。由于献血人数过多，各地血库爆满，卫生部号召进行献血预约登记。一家外国通讯社说：「一个总理能在两小时就飞赴灾区的国家，一个能够出动十万救援人员的国家，一个企业和私人捐款达到数百亿的国家，一个因争相献血、自愿抢救伤员而造成交通堵塞的国家，永远不会被打垮。」

【解囊绵薄土积峰】地震发生后，社会各界和海外华人华侨及国际友好人士纷纷捐款捐物。荀子云：「积土成山，积水成渊。」

截至二〇〇八年六月二十四日十二时，全国接受国内外捐赠款物总计达五百三十点三二亿元，已到账款物五百一十七点二七亿元。

【五洲叹，四海钦】国际社会积极评价中国抗震救灾工作，称赞中国政府高效有序，各族人民团结一致、众志成城，抗震救灾工作迅速有力，重点突出，有长远眼光，充分体现了以人为本的价值理念。

【开放坦诚新形象】国际舆论认为，在这次抗震救灾中，中国坚持以人为本的理念，行动有条不紊，信息公开透明，并首次与国外救援队开展合作，向世界展现了「人性化」、「更加自信」、「更加开放」的一面，是经历了改革开放三十年后中国新形象的集中体现。

感悟篇

山坡羊·日月人三首

红日

拨白破夜，吐红化雪，云开雾散春晖泻。煦相接，绿相偕，东来紫气盈川岳。最是光明洒无界。升，也烨烨；落，也烨烨。

二〇〇三年

明月

星空银厦，粼波倒塔，小桥倩影谁描画？皓无瑕，素无华，悄悄来去静无价。只把清辉留天下。来，无牵挂；去，无牵挂。

一九九二年

自在人

胸中有海，眼底无碍，呼吸宇宙通天脉。伴春来，润花开，只为山河添新彩。试问安能常自在？名，也身外；利，也身外。

一九九二年

注：

【皓无瑕】瑕为玉上的赤色斑点。这里形容月亮洁净得像一块没有斑点的玉石。

【素无华】华，这里指浮华，华而不实。《论衡·书解》：「物有华而不实，有实而不华者。」《国语·晋语四》：「华而不实，耻也。」这里形容月亮有朴实内在之美，而不求外表之华丽。

【静无价】来去悄悄，静而不躁，不事声张，乃月亮又一高贵品格。

【通天脉】天人合一，与自然界的脉搏相通和谐。

五绝·观日

跃海破天明，
凌空沐物生。
转身山半落，
快马又一程。

一九八〇年

注：

【转身山半落】太阳由早晨跃海而升，到正午凌空普照，转眼之间即临傍晚落入半山，形容光阴似箭。

【快马又一程】形容没有虚度光阴，快马加鞭，在人生征程上又前进了一步。

七绝·钱塘观潮

遥看天边一线来，
涛声渐奏万骑雷。
拔江立水排空过，
试问谁能挈浪回。

一九八四年九月

注：

【钱塘观潮】钱塘江位于浙江省境内。我国沿海潮汐以钱塘江海潮最为壮观。一九八四年九月在浙江省莫干山参加全国第一次中青年经济体制改革研讨会后，与友同往钱塘江观潮，触景生情，深信改革如潮，势不可当。

五古·晨练太极

起势天方晓，
行云未惊鸟。
韵步柔无声，
不信寿星少。

一九九二年

注：

【晨练太极】一九九二年在中央党校学习期间，每晨随教师学打太极拳。

【起势】简化太极拳法共二十四式。第一式为「起势」。

长相思·赠友

步白居易原韵

黄河流，长江流，流向东方不掉头。何须酒解愁。

醒悠悠，梦悠悠，梦到美时恐止休。天明还步楼。

一九九三年三月

七绝·胡杨林赞

根扎人漠敢遮天，
铁骨苍枝岁过千。
死后千年仍挺立，
倒还不朽又千年。

一九九三年七月

注：

【胡杨】落叶乔木，生长在沙漠地带。第一次在新疆塔里木河流域塔克拉玛干大沙漠上看到成片胡杨林，听当地维吾尔族老人说「胡杨树活一千年不死，死一千年不倒，倒一千年不朽」，感慨而作。

卜算子·咏梅

步陆游原韵

俏立落花边，无意偏谒主。才教冰融扫尽愁，又唤催甾雨。

执著报新春，哪管他花妒。沐雪浴风不染尘，岁岁洁如故。

一九九八年

七绝·难眠

头昏落枕且翻身，
总有竹声绕在心。
但助难题淂破解，
何妨晓镜又添银。

一九九八年

注：

【总有竹声绕在心】郑板桥有诗云：「衙斋卧听萧萧竹，疑是人间疾苦声。些小吾曹州县吏，一枝一叶总关情。」

七绝·读贾岛诗词有感

墨研纸展落毫难，
两月三行未句篇。
字字推敲须捻断，
少留遗憾在生前。

一九九八年十二月

注：

【贾岛】唐朝诗人。相传贾岛初次赴京赶考时，在驴背上忽然得句：「鸟宿池边树，僧敲月下门。」初拟用「推」字，又思改为「敲」字，在驴背上引手做推敲之势，不觉一头撞到京兆尹韩愈的仪仗队，随即被人押到韩愈面前。贾岛便将作诗得句下字未定的事情说了，韩愈不但没有责备他，反而立马思之良久，对贾岛说：「作『敲』字佳矣。」（见胡仔《苕溪渔隐丛话前集》卷十九引《刘公佳话·纪事》）从此，人们将斟酌字句、反复考虑称之为「推敲」。

【须捻断】唐·卢延让《苦吟》诗云：「吟安一个字，捻断数茎须。」

七绝·夜尽日圆

万象苍穹总有缘，
千般岁月本无边。
绳长难系斜阳落，
夜尽正催旭日圆。

二〇〇〇年

七绝·戒妄

无奈池中空揽月，
可怜镜里枉摘花。
开弓徒挽回头箭，
屈指难量大漠沙。

二〇〇〇年

七律·时弊

代笔何妨顶桂冠，
图财哪管愧苍天。
渔婆美梦接着做，
皇帝新衣照旧穿。
作秀人嘲还窃喜，
吹牛自破不羞惭。
从来大浪淘沙尽，
一意孤行万丈渊。

二〇〇五年八月

注：

【渔婆美梦接着做】俄罗斯诗人普希金叙事长诗《渔夫和金鱼的故事》中讲，贫困的渔夫捕到一条可以满足他所有愿望的小金鱼，渔婆得知后贪得无厌地向小金鱼提出要求，甚至做了女皇仍不满足，最后小金鱼让她重新回到了最初穷困潦倒的状况。

【皇帝新衣照旧穿】丹麦作家安徒生的著名童话《皇帝的新衣》讲述了一个贪慕虚荣的皇帝穿着根本就不存在的「新衣」在大街上游行，最终被童真直言揭穿的故事。本句为沈鹏《圆明园》句。

五绝·淡泊人生

显贵浮云去，
虚名逐浪沉。
淡泊心守静，
抱璞我归真。

二〇〇一年三月

注：

【淡泊心守静】淡泊：不慕荣利，生活俭朴。宁静：安静沉着。诸葛亮《诫子书》云：「非淡泊无以明志，非宁静无以致远。」

【抱璞我归真】璞：尚未雕琢的玉，比喻人的天真自然状。真：本真。意指守着自然，归于本真。《战国策·齐策四》：「归真反璞，则终身不辱。」

五绝·气节赞

梅蝂香犹在，
丹磨赤自存。
石焚洁似雪，
玉碎质还真。

二〇〇一年九月

注：

【梅碾香犹在】宋·陆游《卜算子·咏梅》：「零落成泥碾作尘，只有香如故。」

【丹磨赤自存】丹，朱砂。《吕氏春秋·季冬纪·诚廉》：「石可破也，而不可夺其坚；丹可磨也，而不可夺其赤。」

【石焚洁似雪】明·于谦《石灰吟》：「千锤万击出深山，烈火焚烧若等闲。粉身碎骨浑不怕，要留清白在人间。」

【玉碎质还真】《北齐书·元景安传》：「宁可玉碎，不能瓦全。」

五绝·书斋

室雅香泼墨，
心清趣读书。
粗茶和古韵，
拙笔润新符。

二〇〇一年十二月

五绝·企盼

锄罢盼秋收，
渠成诗水流。
怀胎足满月，
翘首望归舟。

二〇〇二年

古风·学书

谋篇在胸，
蓄势贯笔。
点化裕如，
提按惬意。
折转酣畅，
注收俊逸。
大小错落，
长短交替。
粗细适宜，
疏密得体。

虚实相生，
黑白互济。
断连呼应，
首尾一气。
法而不拘，
功到自器。

二〇〇二年九月

七绝·读《道德经》

春来秋注非人力，
叶老枝新本必然。
似是无为真自在，
难得有度果安恬。

二〇〇三年二月

注：

【道德经】又称《老子》，分为上篇「道」和下篇「德」两部分，全文五千字。相传为春秋思想家李耳所作，道家的主要经典。毛泽东称其充满辩证法。

【似是无为真自在】指对老子「道常无为，而无不为」的思想，可作取其精华，去其糟粕的理解。「无为」并非是指无所作为，而是指要遵循规律，不可违背规律，要顺乎自然，不可强悖于自然。做到这点，又可「无不为」，从必然王国走向自由王国。

【安恬】安然，恬淡。

五绝·学诗

水淡能收月，
毫柔也纵龙。
真情流笔下，
大气溢胸中。

二〇〇三年六月

五绝·夜读

读书贪夜静，
习草养心清。
不禁失声笑，
妻曰已几更。

二〇〇三年八月

五绝·咏物六首

嵩山

坐地擎天立，
凌空放眼收。
迎风磐不动，
纳雨水争流。

澈 水

坦荡连天去，
清流化雪来。
柔随千器异，
润入万花开。

沐 雨

洗绿轻梳柳，
滴红细润颜。
尘埃一扫尽，
清气满人间。

瑞雪

玉落千峰素，
花飞万里澄。
无痕融水去，
尽仕蕴春生。

长风

拂花魅大地，
摇影送清馨。
剪过繁枝落，
沙飞傲骨生。

劲草

遍野无声长，
悬崖有隙生。
雪压根不死，
春到绿乾坤。

二〇〇三年十一月

注：

【清流】清澈的流水。旧时常用来称负有名望，不肯与权贵同流合污的士大夫。《三国志·魏志·陈群等评传》：「陈群动仗名义，有清流雅望。」

【柔随千器异】老子曰：「天下莫柔于水，而攻坚者莫之能胜。」水以其柔而有很强的应变能力、适应能力，容器的形态变化了，水的形态也跟着变化，与器俱变，与时俱进。

【长风】四句分别写春风、夏风、秋风和冬风。

五绝·咏物又六首

冬梅

雪漫催花俏，
花香伴雪飞。
何须争上下，
共舞唤春归。

春兰

原本居幽谷，
谁移闹市中。
依然香淡雅，

不肯共西风。

夏　荷

婷婷不染身，
并蒂俩天真。
藕断丝难断，
淡香也醉人。

秋　菊

百卉春争艳，
东篱独后开。
凌霜花更放，
别有晚香来。

青松

壁峭苍虬劲，
枝高落日低。
乱云从眼过，
犹绿见霜期。

修竹

破土指云霄，
一节一步高。
从来无媚饰，
宁断不弯腰。

二〇〇四年十二月

五绝·咏物四首

雨点

点点跳花珠，
风来扫却无。
悄然滴入土，
润野故如初。

雷公

压城云不开，
蔽日起阴霾。
自有天公吼，
长空入目来。

霜叶

初寒打叶时，
浅晕两三枝。
及看千山赤，
开颜笑未迟。

雪花

飞天一色花，
落地几层纱。
尽滤浮尘去，
清新入万家。

二〇〇九年二月

七绝·感悟四首

大写人

两袖清风不染尘，
一衣明月尽耕耘。
蓝天作纸山为笔，
饱蘸江湖大写人。

映山林

云舒云卷任晴阴，
斜雨横风咬定根。
又是秋寒霜打叶，
依然红火映山林。

一介尘

毁誉得失自定神，
是非功过在人心。
仰天无愧安归土，
原本星空一介尘。

几曾留

大江滚滚向东流，
浪沫嘈嘈总不休。
时起时伏争耀眼，
匆来匆去几曾留。

二〇〇九年四月

七律·牡丹

从来不与众花争，
绿叶相扶默默生。
广纳千娇成国色，
兼收万态冠群英。
曾居华贵高堂客，
早泛天香百姓朋。
纵使春阑才吐艳，
依然无愧状元名。

二〇〇九年七月

七绝·读书者言十首

其一

书籍

书山顶上三重境，
生命途中一盏灯。
润雨春风何惬意，
良师益友伴终生。

其二 开卷

推门满院尽芳菲，
莠草残枝未掩辉。
采窨溢香常醉客，
成灰腐朽可当肥。

其三 好书

好书不厌百回读，
常品常新味道殊。
但有家珍能饱眼，
粗茶陋室也心足。

其四

精读

美酒从来厚酿成，
齿香细品味无穷。
溯源析缕须自悟，
功到悠然一点通。

其五

泛读

一目十行随意翻，
日积月累眼天宽。
门牌号码心中记，
诗到需时信手拈。

其六

勤学

枕边厕上三余后，
翰海神游好快哉。
灯下贪吟嫌夜短，
梦中吃唤取书来。

其七

好问

似无疑处敢存疑，
细辨求真韧不移。
惑解惑生无止境，
学焉问也本相依。

其八

购　书

熙熙书市难移步，
满架琳琅目不暇。
沙里淘金人自乐，
七折八扣捧回家。

其九

裁　书

环壁中央处处堆，
忍心无奈下架谁。
左筛右选七八册，
放入筐中又取回。

其十

用书

书到用时方恨少，
高阁束置却嫌多。
践学相长读无字，
处事为人仰圣哲。

二〇〇七年一月

注：

【好书不厌百回读】宋·苏轼《送安惇落第诗》有云：「故书不厌百回读，熟读深思子自知。」

【三余】《三国志魏书·王肃传》：「冬者岁之余，夜者日之余，阴雨者时之余也。」

【似无疑处敢存疑】宋·张载《经学理窟·义理》有云：「读书先要会疑。于无疑处有疑，方是进矣。」宋·陆九渊《语录》：「为学患无疑，疑则有进。」

【书到用时方恨少】清·杜文澜编《古谣谚》：「书到用时方恨少，事非经过不知难。」

【践学相长读无字】周恩来总理曾撰联：「与有肝胆人共事，从无字句处读书。」提倡既要读有字书，又要读无字书，两者相辅相成，相互促进。

七律·贺中华诗词学会成立二十周年

漫卷吟旗岁月稠，
今声古韵共风流。
情由心曲清泉涌，
境赖眼独画笔收。
炼字无痕雕饰去，
求新有味自然留。
引吭盛世砭时弊，
翘首诗坛更上楼。

二〇〇七年五月十二日

五言排律·自知人尚浅

世界真奇妙，
斯人叹更绝。
细胞核万亿，
染色体廿些。
有序神排列，
无间谁续接。
组合稍变化，
性态显区别。
经络寻难见，
思维涌不竭。
微机虽海量，

大脑总先觉。
骨肉分工巧，
手足合作谐。
自知人尚浅，
天问考科学。

二〇〇六年十一月二十五日
于巴基斯坦伊斯兰堡

注：

【细胞核万亿，染色体廿些】据载，人体有一万亿个细胞，二十三对染色体，三四万个基因，三十亿个核苷酸序列。

【自知人尚浅，天问考科学】屈原曾写《天问》，求索世界之奥秘。人对自己的认识，至今仍很肤浅，其自身之谜，是大自然出的一道试题，有待科学去回答。

古风·望东方

仿李白《蜀道难》句式

噫吁嚱，
伟乎壮哉！
远望东方，东方太阳红！
击水才两冬，
感慨已无穷。
甜酸苦辣尝百味，
风浪冰霜试身功。
浪大难拦鱼穿水，
风狂何碍鹰击空。
雪压霜打冰封日，

然后苍松愈青梅更红。
雄翅千翕千展仍高翔，
大江九曲九注复向东。
泰山之高尚不能挡，
奔流已过壑千重。
惊涛何汹汹！
自古磨难铸英雄。
庭院难养千里马，
花盆岂栽万年松。
得来真知由实践，
扫去空谈借东风。
事就无不靠群众，
业成惟有投工农。

三世而斩犹可训，
警钟隆！
远望东方，东方太阳红，
前赴后继求大同。
征长万里我接力，
担重千斤自为荣。
先驱断头无所惧，
后辈献身亦从容。
说千也道万，
千古治国大计何为第一宗？
得人心者得天下，
道滫脚底，
民立心中。

生命虽有限，
事业永无终。
兴我中华，
惟此为重；
结友全球，
天下为公。
愿将满腔血，
飞天化长虹。
远望东方，东方太阳红，
冉冉升起正彤彤。

一九六八年八月

注：

【望东方】一九六八年经历两年起伏动荡，有感而发。全诗仿唐李白《蜀道难》之句式。

【三世而斩】「三世」指三代；斩，断绝，尽。意指无功受禄，富不过三代。见《战国策·触詟说赵太后》。此文为当年毛主席所推荐。又「君子之泽、五世而斩」，见《孟子·离娄下》。

西江月·考验

攀岳本无直路，远航常遇激流。不平万浪岂甘休，笑对磨难奋斗。

能进能退天阔，无私无畏自由。雷鸣电闪不低头，海燕翱翔依旧。

一九七〇年六月

注：

【考验】写于一九七〇年六月「文革」中去干校前。

【雷鸣电闪不低头，海燕翱翔依旧】高尔基《海燕之歌》写道：「海燕叫着，翱翔着，如同一道黑色的闪电，像箭一般刺穿乌云，用翅膀削去浪尖的水花。」

七律·月晕当风

步白居易放言五首之二原韵

谁言无法解狐疑，
月晕当风岂用蓍。
皂泡浮光徒目满，
鸱枭鸣轭枉心期。
小人逞勇风平日，
奸佞逢迎目掩时。
应信僵虫身未死，
庐山日出面真知。

一九七二年

注：

【月晕当风】晕，日、月光线经云层中冰晶的折射或反射而形成的光象，多发生在卷层云上。喻意：月亮周围出现了光圈，天就要刮风。古谚：「日晕三更雨，月晕五时风。」苏洵《辨奸论》：「月晕而风，础润而雨。」此句说明事物发生都是有先兆的，有规律可循。

【步白居易放言五首之二原韵】白居易曾写《放言》五首，以史论今，说明在现实生活中真与假并存，虽难辨，但终可辨。林彪事件后，步白居易放言五首之二原韵而作之。

【狐疑】遇事犹豫不决。颜师古注《汉书·文帝纪》：「狐之为兽，其性多疑，每渡冰河，且听且渡，故言疑者，而称狐疑。」

【著】音师，植物名，亦称蓍草，菊科。古代常用其茎来占卜吉凶，故亦为古卦的代称。《史记·龟策列传》：「王者决定诸疑，参以卜，断以蓍龟。」

【鸱枭鸣轭】鸱枭，猫头鹰，比喻坏人。轭，木辕前横木下夹在马颈的曲木。此句指不祥之鸟在车乘旁，比喻君侧多恶人。三国，魏·曹植《赠白马王彪》：「鸱枭鸣衡轭，豺狼当路衢。」衢为道路之意。

沁园春·远航

漫漫人生，破浪远航，壮志怎酬？看茧囊小舍，亮由北斗；大家宏论，远上层楼。道有常则，法无定术，相长知行真谛求。执金杖，诗捉鳌揽月，谁站排头？　从来民铸春秋，信水可载舟亦覆舟。问万花集锦，可离黛绿？百川归海，能少涓流？心有苍生，身无挂累，坦荡胸怀总自由。踏崎岖，奔壮观胜景，永不言休。

一九七七年七月一日

注：

【远航】一九七七年作者于中共北京市西城区委党校任教员。七月一日庆祝党的生日，读共产党员《五个必须做到》，写词一首刊于板报。

【看萤囊小舍，亮由北斗】《晋书·车胤传》载，车胤家贫，无油点灯，便收集萤火虫装在白绢口袋中照亮读书，遂用「萤囊」表示勤学苦读。亮由北斗，指有北斗星指明前进方向。

【大家宏论，远上层楼】大家，指革命导师。宏论，指其著作。全句是讲读了导师的著作，可以站得高，看得远。唐王之涣诗《登鹳雀楼》：「欲穷千里目，更上一层楼。」

【道有常则】道，指事物发展和运动的客观规律，它是不以人的意志为转移的，是永恒的。

【法无定术】法，指办法、方法，它是要随时间、地点、条件而变化的，不是一成不变的。

【金杖】这里指真理。

【水可载舟亦覆舟】见唐《魏征》：「君，舟也；人，水也。水可载舟，亦能覆舟。」故舟水之比，载覆之说，自古从政者多重。

三言诗·九九箴言

民为本，国为重，公为先。
识时势，举大体，居高瞻。
明是非，通情理，懂方圆。
求真情，办实事，敢直言。
兼刚柔，能取舍，贵周全。
闻道喜，知过改，见善迁。
严律己，宽待人，广结贤。
淡名利，轻富贵，守清廉。
循天道，顺民意，归自然。

二〇〇一年六月二十九日

注：

【民为本，国为重，公为先】《书·五子之歌》：「民惟邦本。」《孟子·尽心下》：「民为贵，社稷次之，君为轻。」《礼记·礼运》：「大道之行也，天下为公。」

【识时势，举大体】时势：当时的大事或形势。《三国志·蜀志·诸葛亮传》注引《襄阳记》：「识时务者，在乎俊杰。」大体：事关大局的重要道理，大要，大纲。《三国志·魏志·陈矫传》：「操纲领，举大体。」

【懂方圆】《孟子·离娄上》：「离娄之明，公孙子之巧，不以规矩，不能成方圆。」

【兼刚柔】刚强与柔和兼而有之，相辅相成。《易·系辞上》：「刚柔相推，而生变化。」《老子》：「守柔曰强。」

【循天道，顺民意，归自然】指归根到底要遵循规律，顺乎民心，回归自然。

寄情篇

古风·先父去世二十年祭

风瑟瑟，云茫茫，
未进灵堂步踉跄。
一见遗像心欲碎，
再看人已泪千行。
膝下儿女尚稚齿，
风华先父却早殇。
仁者为何遭此命，
天理何在问上苍。
苍天寂寂默不语，
只有泣声添凄凉。

人虽已去足留迹，
半百一生也非常。
十三学徒知寒苦，
二十投笔向朝阳。
宝塔山巅大旗耸，
黄河水畔小米香。
利枪檄文扫倭寇，
铿词锵曲试锋芒。
蒙冤含屈终不悔，
百炼千锤始成钢。
甘为绿叶平生事，
默添砖瓦不张扬。
忠厚为人宽诗友，

清白做事好正梁。
把笔可以书宏论，
拈针也能补蔽裳。
方教志远莫庸碌，
又诲才实忌轻狂。
苦心示儿勤劳作，
着意传女俭梳妆。
正待好年才华展，
岂料腥风人难防。
脚稳有根骨且硬，
身正不阿头更昂。
诀别一幕恸天地，
万岁三呼震四方。

吟罢心潮仍难平，
听后苍天可断肠？
悲歌难唤亲人返，
惟将寸草报爹娘。
亲人难返音容在，
一代家风继世长。

一九八八年七月

七绝·母亲八十华诞

少小报国记若新，
沧桑历尽已八旬。
耄年最是身犹健，
更有精神勉子孙。

二〇〇四年二月

注：

【少小报国】母亲一九二四年出生，一九三八年加入中国共产党，时年十四岁。

苏幕遮·初约

月光柔，钟声脆。缕缕清风，风过心头醉。民族宫前松柏翠，欲见还怯，疑在梦中睡。话长街，人未累。细语潺潺，恰似山泉水。夜已深深难入寐，盼到天明，再品其中味。

一九七三年五月二日

七律·结婚周年寄语

去岁今宵数九冬，
小楼春溢烛灯红。
愧无彩笔情难尽，
幸有灵犀意自通。
渴吮一滴甘似露，
花结十月喜愈浓。
来年小女婷婷立，
燕舞凯歌乐跻峰。

一九七五年十二月二十九日

注：

【周年寄语】作者于一九七四年十二月二十九日结婚，此诗为结婚一周年而作。

【灵犀】唐·李商隐《无题》：「身无彩凤双飞翼，心有灵犀一点通。」

【燕舞凯歌乐跻峰】本句含夫人、作者、女儿的名字。

钗头凤·银婚

同携手，共酌酒，嫩芽银絮轻杨柳。花吐蕊，松含翠。一朝相许，百年无悔。对、对、对。情依旧，人未瘦，清馨小舍当窗透。春江水，心期遂。诗到金秋，满枝争坠。美、美、美。

一九九九年

注：

【银婚】一九九九年十二月二十九日是作者结婚二十五周年纪念日。这年春节，过绍兴，游沈园。园中陆游《钗头凤》跃然墙上，字好，词更好，朗朗上口，情感至深。回京后，为贺银婚，半步原韵，反其意而作之。

【银絮】喻指银婚。

【金秋】既指秋天收获的季节，又喻指金婚之时。

七绝·与夫人秋游香山

霜过层林枝染赤，
风来小路叶堆黄。
山衔落日霞为伴，
水映浮莲影作双。

二〇〇〇年十月

蝶恋花·盼

月落月升窗外夜，窗外人家，窗里同餐悦。又是佳肴烹满碟，门铃空待归人屧。　春去春来休假节，休假人家，休憩同游惬。却道公差难了却，玉音伫候传情切。

二〇〇一年二月

注：

【门铃空待】经常允诺回家吃晚饭，却常常加班难归，使夫人空待。

【玉音伫候】出差在外，每日总要通电话。

钗头凤·珍珠婚

交杯手，沁心酒，春风又弄柔丝柳。衣曾薄，濡以沫。卅年虽过，钟情似昨。脉、脉、脉！根依旧，枝难瘦，含苞更放芬芳透。缘作合，良工琢。灵犀自在，一生相托。乐、乐、乐！

二〇〇四年十二月

五绝·花甲祝福赠夫人

举酒相凝视，
未言心已知。
依依琴共瑟，
结发梦觉迟。

二〇〇六年九月二十九日

注：

【琴共瑟】瑟，古时盛行的拨弦乐器，二十五弦。《诗经·周南·关雎》：「窈窕淑女，琴瑟友之。」《小雅·棠棣》：「妻子好合，如鼓琴瑟。」

五绝·小女恬睡

夜深竹有声，
风过水无痕。
踮脚拂蚊去，
恐惊睡梦人。

一九七九年八月

注：

【夜深竹有声】深夜安静得可以听见竹节向上蹿长的声音。

忆江南·喜读初作

心中美，最美蕙兰开。窗上月移明似雪，灯前键走响如雷。能不信成材？

一九九八年十月

注：

【喜读初作】小女乐乐毕业于北京大学国际金融系。刚走上工作岗位，就承担了对我国寻呼业进行行业系统分析的任务。常常伴月伏案，不足两个月写就了数万言的行业报告，图文并茂，为业内人士所赞，并被转载、引用。故有感而作。

五律·示女

欣看挂征帆，临行嘱万千。
德高容乃大，识远道则宽。
志韧谁强手，心平本自然。
居前诚可贵，天外有新天。

一九九八年八月

注：

【欣看挂征帆】李白《行路难》：「长风破浪会有时，直挂云帆济沧海。」为小女踏上新的岗位而作。

七绝·示女

拓路从来多坎坷，
登峰无计少风云。
泾失道转寻常事，
雾散天开顶上人。

二〇〇〇年十一月

注：

【示女】女儿参加工作后，面对着重重困难、挫折的考验，为此而作。

江城子·小女出嫁

张灯结彩俱欢颜。骤心酸，又心甜。学步伊呀，转眼已翩翩。小女可知牵挂事？常问候，祝平安。

大千世界浩无边。手今牵，是姻缘。相敬相依，相伴两鬓斑。漫漫人生新起点。齐比翼，共扬帆。

二〇〇五年十月

七绝·听小女胎音

怀孕初闻喜半疑，
忽传耳麦响雷激。
缘何心鼓催飞马，
道是爷孙欲见急。

二〇〇六年十月

注：

【听小女胎音】小女怀孕四个多月，用胎音听诊器，可听到胎音。声音之响亮，心跳之急促（每分钟约一百四十——一百六十次），出乎意料。

七绝·外孙出生

爆竹阵阵贺新春，
共与嘉嘉急叩门。
清脆一声我来了，
丁彊亥步又一人。

写于二〇〇七年二月二十一日上午
嘉嘉出生后九小时

注：

【急叩门】小女生子预产期未到，但外孙「嘉嘉」似已急不可耐，二月十五日（丙戌年腊月二十八）即「大闹天宫」，小女提前住院。二月十八日恰逢丁亥年春节，焰火怒放，爆竹齐鸣。二月二十日二十三点四十八分，嘉嘉降生，体重近七斤。

【丁彊亥步】恰逢欧阳中石先生为贺新春题赠「丁彊亥步」四字，并注云：「丁彊」，健壮，典出汉王充《论衡·无形》；「亥步」，健行，典出《山海经·海外东经》。

七律·下班归来

乏身沉步未及铃，
门内呼爷已不停。
小手拎鞋驱倦意，
童谣悦耳焕激情。
涂鸦满纸出奇画，
嬉戏无忧忘老翁。
梦里依稀牵须闹，
醒来不禁笑失声。

二〇〇九年二月

写在外孙嘉嘉两周岁之际

七绝·异国中秋夜二首

天各一方

天各一方夜色寒，
水失欢浪月空圆。
乐都不奏思乡曲，
何碍萦怀溢笔端。

二〇〇二年九月二十一日

又是中秋

又是中秋枉月明，
他乡孑影对孤灯。
飘然思絮蟾宫送，
借问嫦娥可寄情。

二〇〇三年九月十一日

注：

【天各一方】二〇〇二年九月二十一日正值中国传统节日中秋节，家家户户团聚在一起。此时此刻，夫人在太原，女儿在北京，而我随团正在奥地利维也纳访问，各在一方，这还是头一次。

【水失欢浪】蓝色多瑙河失去了往日的欢波。

【乐都】维也纳被誉为「音乐之都」。

【又是中秋枉月明】二〇〇三年九月十一日又恰逢中秋节时，我离开家人，率团赴莫斯科与俄方进行中俄能源会谈。在我驻俄使馆，抬头望月，感慨系之。

【蟾宫】传说月中有蟾蜍，因称月亮为蟾宫。

六州歌头·送友远征

列车渐杳，脉脉别同窗。天地广，羊鞭响，稻花香。守边疆。无意恋温室，沐风雨，经骇浪，知疾苦，见世面，大学堂。沃土根扎，大地炎凉系，热血衷肠。任天涯海角，飞翰话沧桑。笔下翻江，慨而慷。

恰新时代，烽烟旺，皇冠落，战鼓昂。白宫霸，红场倾，大旗扛。有希望！解放全人类，荆棘乱，道途长。读经典，磨神剑，虑兴亡。铸就赤肝侠胆，笑狂浪，蓄锐藏芳。诗阴霾扫去，天下尽春光。巧扮新妆！

一九六八年

注：

【送友远征】一九六八年开始，中学生陆续上山下乡。几位好友分赴陕西、内蒙古、山西、黑龙江等地插队。同学之间频频书信来往，仍热血方刚，共同制定了「时代·使命·准备」的读书大纲。

江城子·送学友赴内蒙古

征南闯北走东西。故乡离，笑声稀。海阔天空，骏马奋扬蹄。纵使风沙扑面起，行万里，道难迷。

险峰方领众姿奇。借天梯，上云霓。无限风光，鸿鹄视天低。诗到祖国召唤日，谁胆赤，怕熊罴？

一九六九年三月

注：

【熊罴】熊和罴，两种猛兽。

这里为赴内蒙古生产建设兵团的北京四中同学而作。

【送学友赴内蒙古】一九六八年年中开始，中学生陆续上山下乡。

江城子·与友游园

春风洗绿约朋来。跻芳崖，叙情怀。两度同窗，三友稚无猜。雨雨风风又七载，根未败，叶不衰。

知春亭畔望春台。燕双排，柳新裁。雨露阳光，细细润芽开。再聚故园谈笑日，添异彩，树成材。

一九七三年五月

注：

【与友游园】一九七三年五月二十六日与北京四中两度同窗（初中三年，高中三年）的两位好友携伴同游颐和园，泛舟，登山，忆往事，叙将来。

七绝·同窗聚会

别离卅载又相逢，
各展才华自不同。
时尚虽然多变幻，
为人做事乃校风。

一九九五年十月

注：

【同窗聚会】作者于一九五九—一九六五年在北京四中读书。一九九五年十月，原高三·一班部分学友聚会于密云水库畔，共叙友情。

【为人做事乃校风】「勤奋、严谨、朴实」的四中校训，感染、培养了一代又一代的四中学友。几十年过去了，时尚变化了，但这种四中精神仍然融化在为人做事之中。

七律·至友

少小相识在校园，
轻舟学海奋当先。
心中大道同求索，
脚底崎岖共苦甘。
淡若泉流堪致远，
意由神会岂须言。
事逢难处凭谁问，
又是沏谈到日悬。

一九九七年

注：

【至友】极好之友。与北京四中几位同学，相识相处三十余年，友谊笃深。风风雨雨，同忧同乐，真诚以待，相互帮助，堪为至友。诗以记之。

五律·饭后漫步

柳绿海风柔，
茶余信步游。
引经评古训，
感慨数今忧。
笑语随风去，
倦容逐水流。
偷闲难片刻，
旋即伏案头。

一九九八年

注：

【饭后漫步】一九九八——二〇〇三年在国务院办公厅工作期间，每日午饭之后，同事相伴，在中南海岸边散步，海阔天空，笑谈无拘，稍事放松，旋即伏案。

五律·赠友

推门穿碧镜，
举目揽清晖。
厅阔银光溢，
扉镌紫气吹。
芸窗藏淡雅，
兰室满芳菲。
韵汇中西古，
匠心当问谁。

二〇〇二年

注：

【芸窗】书房。

【兰室】小女闺房。

【匠心当问谁】画家友人为旧居装修精心设计，素朴明快，甚为惬意而作。

七律·奉和友人

同桌五载畅吟吟，
醇酿清馨久愈深。
论古谈今天下事，
欢声笑语自然人。
流连漫步听良诲，
难舍对斟伴挚君。
三月乘风偕绿去，
神州处处尽留春。

二〇〇三年春节

浣溪沙·学诗

步郑欣淼同志词原韵

翰海漫吟本后生，
八音五味自心鸣，
江山万里梦牵萦。

泣鬼从来无巧策，
惊风只为有真情，
字敲句炼又三更。

二〇〇五年二月十八日

注：

【步郑欣淼同志词原韵】郑欣淼同志原诗为：「揽胜每催佳句生，感时辄有不平鸣，墨香一帙大千萦。妙手已知多善策，锦心方见富吟情，推敲余味记三更。」

七绝·读《屈骚流韵》四种

心吟神悟绎骚篇，
热血悲歌恸九天。
屈子归来应有幸，
众人提日照辕前。

二〇〇六年一月

注：

【《屈骚流韵》】包括《九歌今译》、《九章今译》、《离骚今译》和《招魂今译》。

七绝·大觉寺玉兰节沈鹏先生诗词研讨会有感

古刹黄钟润耳时，
玉兰闻放化新诗。
千年老树缘犹绿，
代有春风每染枝。

二〇〇六年三月

五律·读沈鹏《三余诗词选》并步其赠诗原韵

三余读恨晚，景慕肃然生。
一纸真心话，八方细雨声。
感时怀远虑，作嫁淡虚名。
废草三千后，雕龙腕底升。

二〇〇六年五月八日

注：

【步其赠诗】沈鹏先生原诗为：「识君欣未晚，把卷晤平生。笔底家常话，人间风雨声。庙堂忧百虑，江海远浮名。案牍劳形后，才思逐夜升。」

【作嫁淡虚名】沈先生曾长期从事美术编辑工作。有诗云：「为人作嫁心头热，处事无私天地宽。」

【废草三千后】沈先生有诗云：「废纸千张犹恨少，新诗半句亦矜多」和「波澜那得生奇谲？穷问三千废纸堆」。

七绝·参加第三届快哉快哉雅集草书诗词笔会

问路寻芳步殿堂，
惊蛇醉剑嗣颠张。
弥香老墨沾新笔，
快取风流入锦囊。

二〇〇六年十一月

七绝·奉答沈鹏先生《戏赠马凯》

李戴张冠恍惚间，
掠人之美坐难安。
大家风范一挥了，
道我心声亦是缘。

二〇〇六年十一月

注：

【奉答沈鹏先生《戏赠马凯》】由于编辑的粗心大意，将沈诗误为马诗，刊登在《中华诗词》二〇〇六年第十期。作者发现后，即告知沈鹏先生。隔日，沈先生寄来《戏赠马凯》云：「马凯同志见告，有拙诗发表时误刊入马诗。语至恳切。」全诗为：「难得糊涂入美谈，鲁鱼熟个细参探。毫厘目察君千里，异曲同工北调南。」

【道我心声亦是缘】被误为马诗的沈诗，题为《夜读》，云：「此地尘嚣远，萧然夜雨声。一灯陪自读，百感警兼程。絮落泥中定，篁抽节上生。驿旁多野草，慰我别离情。」虽误为马诗，但亦道出作者心声，这种「误」也是一种「缘」。

揽胜篇

七律·兰亭探游

流觞曲水竞高歌，
醉笔兰亭冠墨河。
剑舞云游随惬意，
泉奔龙走任欢波。
势斜反正山旁树，
欲断还连池上鹅。
但把永和神韵借，
新毫也敢试婆娑。

一九九九年二月

注：

【兰亭】位于浙江省绍兴市西南兰渚山麓。因东晋王羲之在此书写了著名的《兰亭序》而闻名遐迩。

【流觞曲水竞高歌】觞：古代喝酒用的器具。东晋永和九年（公元三五三年）农历三月初三，王羲之邀集谢安等四十一位名士在兰亭聚会，把水引入曲折的水道，将酒杯浮于水面，让其顺水流行。酒杯停在谁的面前，谁就得饮酒吟诗。共二十六人写诗三十七首，编为诗集。

【醉笔兰亭冠墨河】王羲之微醉之中为诗集挥毫作序，写下著名的《兰亭序》。据宋朝桑世昌《兰亭考》记载：「是时疑有神助。及醒后，他日更书数十百本，终不及。」《兰亭序》被后人誉为「天丁第一行书」。

【势斜反正山旁树】斜、正互衬，恰到好处，是王羲之书法之美的要义之一。画诀有云：「树木正，山石倒；山石正，树木倒。」

【欲断还连池上鹅】断、连得体，一气呵成，是王羲之行草之美的又一要义。兰亭内的鹅池旁有「鹅池」碑。相传「鹅」字系王羲之一笔而成，「池」字由王献之从容续就，父子合璧，千古称奇。

【永和】《兰亭序》首句为「永和九年……」故《兰亭序》墨迹亦称《永和帖》。

七绝·寻访杜甫草堂

轻叩蓬门曲径寻，
侧听茅屋绕梁吟。
人间寒士犹多在，
心底诗人当永存。

一九九五年

注：

【杜甫草堂】草堂：我国伟大爱国诗人杜甫流寓成都时的故居，位于成都西郊浣花溪畔。杜甫在草堂共居住三年零九个月，写下二百四十多首诗。

【轻叩蓬门曲径寻】蓬门：草堂院落之大门；曲径：入蓬门去草堂途经的一条栽满花木的幽径。杜甫《客至》：「花径不曾缘客扫，蓬门今始为君开。」

【侧听茅屋绕梁吟】杜甫居草堂时写有《茅屋为秋风所破歌》，其中有千古名句：「安得广厦千万间，大庇天下寒士俱欢颜，风雨不动安如山！呜呼！何时眼前突兀见此屋，吾庐独破受冻死亦足。」

七言排律·南阳武侯祠感怀

襄阳南阳何须争，
诸葛孔明本同名。
清潭澈见卧龙影，
静谷远听羽扇声。
隆中一对天下定，
出师两表世人惊。
巧借周郎攻赤壁，
妙遣司马守空城。
令如山倒街亭泪，
兵求心服古台情。

揽胜篇

用人不疑疑不用，
行事必慎慎必行。
改章革制民厚望，
治水屯田谷丰登。
瘁尽终身思良相，
死而永生仰忠丞。

一九九七年

注：

【武侯祠】诸葛亮，字孔明，时称「卧龙」，封号「武乡侯」。从古到今，全国曾建近百座武侯祠。规模及影响较大的有四川成都、陕西勉县、湖北襄阳、河南南阳等地的武侯祠。本诗写于一九九七年八月南阳归来。

【襄阳南阳何须争】相传清朝南阳知府顾嘉蘅，因其祖籍为湖北，有人故意用「孔明隐居在襄阳还是南阳」的问题为难他。他既不想伤害家乡父老，又不愿得罪当地臣民，写下一副对联「心在朝廷，愿无论先主后主；名高天下，何必辨襄阳南阳」。此联现悬挂在南阳武侯祠大殿门柱上。

【清潭澈见】【静谷远听】：诸葛亮《诫子书》：「非淡泊无以明志，非宁静无以致远。」

【隆中一对天下定】诸葛亮隐居襄阳隆中时，刘备三顾茅庐，礼贤下士。诸葛亮深受感动，与刘备纵论天下大势，策划立国大计。史称「隆中对」。之后，依仗「隆中战略」，最终促成天下魏、蜀、吴三足鼎立之势，刘备建蜀称帝。

【出师两表世人惊】诸葛亮北伐前给刘禅写了前后两篇奏章，史称《前出师表》和《后出师表》。文中主要陈述治国、用人之术，并表达其对刘备的知遇之恩，北伐的决心，以及「鞠躬尽瘁，死而后已」的忠心。南阳武侯祠壁间嵌有行草《出师表》，相传是岳飞所书，读时「不觉泪下如雨」。

【兵求心服古台情】蜀建兴三年（公元二二五年）春，诸葛亮出兵平定南中叛乱，主张「攻心为上，攻城为下」。在交战中，对叛军大将孟获「七擒七纵」，终使孟获心服，并与诸葛亮筑台结盟。今云南省嵩明县阳镇武侯祠旁建有古盟台。

七古·怀远祭禹

牵来淮涡一江水，
劈出荆涂两岸山。
策马柴门鞍未下，
蛟龙个缚岂能还。

一九九三年

注：

【怀远】安徽省怀远县。大禹在此治水，娶妻生子。

【淮涡】淮为淮河，涡为涡河。大禹治水，引两水交汇于怀远。

【荆涂】荆为荆山，涂为涂山。相传大禹劈一山为二，左为荆山，右为涂山，隔淮对峙，淮水中流。涂山绝顶处建有禹王宫。

【策马柴门鞍未下】古传大禹治水三过家门而不入。

五言排律·都江堰感怀

每临都江堰，
心涛总难平。
华夏此壮举，
人类古文明。
先人独慧眼，
神斧巧天成。
鱼嘴分岷江，
枯盛皆由人。
灌口引来水，
进排自掌门。

郎侍溢洪道，
沙水各有遁。
作堰正好低，
淘滩恰到深。
遇弯则截角，
逢正即抽心。
沃野千顷地，
惠泽万代民。
功德同日月，
治水训古今。

一九九七年

注：

【都江堰】位于四川省成都平原，是战国后期秦国蜀郡守李冰在古蜀国的治水工程，是迄今为止人类史上最古老的无坝引水工程，渠首枢纽由鱼嘴分水堤、宝瓶口、飞沙堰溢洪道三大工程组成。

【鱼嘴】古称壅江作堋，是都江堰渠首顶端的分水工程。其顺横江面，状如鱼嘴，将岷江分为内外两江。枯水期，多引水入内江而使灌区不旱；盛水期，多泄洪流外江而使灌区不淹。由于鱼嘴巧妙分江，时称水旱由人。

【灌口】宝瓶口的古称。相传是李冰在玉垒山末端凿开的一个缺口，宽约二十米，其既能作为进水口引内江水入灌区，又宛如一座石门可以挡住过量洪水。因开凿缺口而形成与原山分离出的大石堆，又称「离堆」。

【郎侍】即飞沙堰，是紧接鱼嘴分水堤尾部的溢洪道，在整个工程中起分沙、排沙作用。

【作堰正好低，淘滩恰到深】「深淘滩、低作堰」是千古依循的治水「六字诀」。深淘滩，是指宝瓶口前的河床，其岁修淘挖要有恰到好处的深度，以埋在江中的卧铁为准；低作堰，是指飞沙堰不宜做得过高，过高不利于泄洪排沙，过低又会使宝瓶口进水不够。

【遇弯则截角，逢正即抽心】「遇弯截角、逢正抽心」，亦古传治水「八字箴言」，即指遇到河流弯段，在凸岸淘挖沙滩，使弯道取直，减轻主流来水时对凹岸的冲刷；遇到顺直河段，对其中心淤滩则应疏深河槽，使水归中流。

七绝·登岳阳楼

四水汤汤汇洞庭，
名楼鸟瞰大江横。
万家忧乐收心底，
千古文章震耳鸣。

二〇〇三年四月

注：

【岳阳楼】位于湖南省岳阳市西门城楼。高三层，东倚巴陵山，西瞰洞庭湖。始建于唐，宋滕子京重修，以范仲淹作《岳阳楼记》而著名。「四水」指湘江、资江、沅江和澧江，四江汇于洞庭。

【千古文章】范仲淹所作《岳阳楼记》全文三百六十余字，字字珠玑，句句铿锵，文情并茂，气势磅礴，尤以「先天下之忧而忧，后天下之乐而乐」句名传千古。

采桑子·观云居寺石刻

一锤一錾沧桑送，不是愚公。恰似愚公，六代千年旷世功。

经石万块绵延列，不是长城。恰似长城，一样丰碑寰宇中。

二〇〇四年六月

注：

【云居寺石刻】始建于隋唐时期。隋大业年间，僧人静琬开创刻经的壮举，历经隋、唐、辽、金、元、明六个朝代，达一千零三十九年之久，共刻佛经一千一百二十二部，三千五百七十二卷，一万四千二百七十八块，共计三千五百余万字，无一错字漏字。

五律·漓江行

细雨驼峰翠，
微风扁叶悠。
云开江揽胜，
雾绕岭含羞。
有水皆明镜，
无山不蜃楼。
一湾一道景，
摇橹画中游。

二〇〇一年五月

注：

【漓江】位于广西壮族自治区东北部、西江支流桂江上游。从「山水甲天下」的桂林乘船顺漓江而下到阳朔有八点三公里水路，一路江水清澈，两岸奇峰变幻，犹如百里锦绣画廊。

【蜃楼】蜃：蛤蜊。大气中的光线经过不同密度的空气层发生反射或折射时，把远处景物显示在空中或地面的奇异幻景。对这种自然现象，古人误认为是蜃吐气而成，称之为「海市蜃楼」。明李时珍《本草纲目·鳞部一》：「蜃能呼吸为楼台城郭之状，将雨即见，名蜃楼，亦曰海市。」

七律·瘦西湖游

瘦西湖畔泛舟游，
借取春风信手留。
一棹荡开两岸绿，
几弦唤出百花稠。
烟云雾柳朦胧画，
曲水回廊错落楼。
难怪骚人多聚此，
诗中美景竞相收。

一九九二年

注：

【瘦西湖】位于扬州市内。清代杭州诗人汪统曾将扬州瘦西湖与杭州西湖相比，有诗云：「垂杨不断接残芜，雁齿红桥俨画图。也是销金一锅子，故应唤做瘦西湖。」瘦西湖由此得名。

【骚人】泛指诗人。

五言排律·黄山行

难得三人行，
同登黄山峰。
昨夜君唤雨，
今朝我驱风。
雨退留雾霭，
风过展晴空。
先浮云雾里，
又穿煦阳中。
雾去探雄角，

云来掩羞容。
远山飘银雪，
近水映翠松。
仰首望雄狮，
低眉数卧龙。
飞索横空挂，
云梯傍山通。
巧斧削怪石，
妙笔写奇嵩。
连理树根固，
同心结意浓。
添彩燕舞曼，
增色凯歌融。

黄山美永驻，
仨人乐无穷。

一九九九年春节

注：

【难得三人行】由于工作、学习繁忙，作者与夫人、女儿一年到头难得一起出游。一九九九年春节，同游黄山，感慨系之。

【昨夜君唤雨，今朝我驱风】当晚抵黄山住北海宾馆，几月未下雨的黄山不巧逢雨，戏言雨是由昨夜赶来的汪同志带来的。但第二天，却风来雨停。

【雄狮】指狮子峰。站在北海宾馆远观此峰，酷似雄狮，高卧于白云之巅。「卧龙」黄山古木，盘根错节，犹为一条条坐地游龙。

【飞索横空挂】东海索道全长两千八百多米，一线贯长空，万壑有奇观。

【云梯傍山通】古登山小道，依山盘旋，步步入云。

【巧斧削怪石】奇石怪峰是黄山一绝，所谓「无峰非石，无石不奇」，如雕如刻，天工使然。

【妙笔写奇嵩】指妙笔生花峰，又名笔峰。此景在散花坞中，一根石柱，好似一支巨大的毛笔，其顶生一奇松，恰似笔锋，天造地设之奇观也。

【连理树】指连理松，在去始信峰的途中，双干同根，挺拔入云。

【同心结】在天都峰和西海门的护栏铁索上，锁着密密麻麻的「连心锁」，其钥匙被一对对情侣扔进深谷，以表示永不改变之爱心。

七律·初游九寨沟

巧逢九九九连九，
久愿今偿九寨游。
古柏苍松齐天绿，
梯湖飞瀑抱山流。
七颜树下难移步，
五彩池中好泛舟。
仙境何须寻梦里，
一游九寨再无求。

一九九九年九月九日

注：

【九寨沟】位于四川省阿坝藏族羌族自治州南坪县境内，因沟内有九个古老的藏族村寨而得名。景区长八十余公里，海拔一千九百八十至三千一百米。翠海、叠瀑、彩林、雪峰、藏情，被誉为「五绝」。

【巧逢九九九连九】一九九九年九月九日上午九时出发到九寨沟，如入仙境，众人皆兴致勃勃，有感而发。

【梯湖飞瀑抱山流】九寨沟有大小湖泊一百一十四个，多为梯湖，湖下有瀑，瀑泻入湖，相衔相依，环山湍流。

【五彩池】指五花海，九寨沟最艳丽的湖泊。海拔两千四百七十二米，深五米，面积九万平方米。同一水域，却呈现出鹅黄、墨绿、湛蓝、藏青、浅红等色，五彩斑斓，变幻莫测。

天净沙·丽江游二首

大研古城

石桥木府竹楼，小街水巷清流。唐乐宋筝今奏。
古城依旧，却看春闹枝头。

玉龙雪山

松裙雪髻烟绡，玉肌冰骨云腰。脚下奇峰绝峭。
群山皆小，手伸人比天高。

二〇〇〇年十月

注：

【丽江】位于中国云南西北部，中国历史文化名城，已列入世界文化遗产名录。

【大研古城】始建于宋末元初。古城西北靠山，东南开阔，主街傍河，小巷临渠，彩石铺路，木架轻履。

【唐乐宋筝今奏】纳西古乐，古朴、清纯，余韵无穷。

【玉龙雪山】位于丽江，主峰海拔五千五百九十六米，属北半球最南端的现代冰川。东望十三峰似龙卧云。

七律·随行张家界金鞭溪

林海苍茫耸峻峰，
幽峡深壑蜿蜒行。
石拔木挺争空破，
鸟语溪瀑共谷鸣。
一路茂林堪蔽日，
两厢天柱欲接星。
杜鹃丛里人陶醉，
最是惊逢夹道迎。

二〇〇一年四月

注：

【张家界】位于湖南省张家界市，因汉代名将张良隐居于此而得名。为著名的风景区，有奇峰三千，秀水八百，是我国第一个国家森林公园，被联合国科教文组织列入《世界遗产名录》。

【金鞭溪】张家界著名景区，因擘天竖立的金鞭岩而得名。溪水绕山柱而曲行。

七律·春游北京植物园

东风一夜绿山坡，
花海人潮竞比多。
翠柳千条枝舞媚，
绯桃万簇浪翻波。
香摇麝气袭心醉，
色泛金光望眼夺。
盛世游人春满面，
纵无彩笔也高歌。

二〇〇一年四月

七律·呼伦贝尔草原红花尔基林场行

驱车百里伴春游，
泛绿大荒哪见头。
采气悠哉他你我，
踏青乐也马羊牛。
深山老树双人抱，
绝顶苍林一眼收。
却叹那边秃几片，
新妆不换岂甘休。

二〇〇一年五月

七律·登泰山

玉皇顶上拂云去，
老丈石前揽日来。
布子排峰棋信手，
挥毫抹绿画由才。
九霄大殿通天地，
万仞摩崖论盛衰。
又送千江东入海，
无垠宇宙尽收怀。

二〇〇二年二月

注：

【泰山】亦称「东岳」、「岱山」、「岱宗」，位于山东省中部，主峰海拔一千五百二十四米。

【玉皇顶】又名「天柱峰」，泰山的最高峰，也是古代帝王登封之所。

【万仞摩崖论盛衰】泰山从山脚到绝顶，云路天梯摩崖题名石刻应接不暇，自秦至今，代代相传，记录着中华民族的发展过程，既是一部名副其实的「石头书」，又是一座「露天书法博物馆」。

七律·春游灵岩寺

泰山登罢宿幽林，
爽气袭人醉客魂。
塔古僧高皆故事，
碑残字断尽风云。
石雕起舞姿羞凤，
彩塑欲言目传神。
满树晨曦梢吐绿，
唐松汉柏正逢春。

二〇〇二年二月

注：

【灵岩寺】位于泰山主峰西北约二十公里处、灵岩山南坡。灵岩山又名方山，《水经注》称玉符山，明代著名文学家王士贞云「登泰山不游灵岩不成其游」。

【塔古僧高】灵岩寺西有历代住持高僧墓塔一百六十七座，墓志铭八十一块。

【彩塑欲言目传神】寺中千佛殿内回壁台座上置四十尊罗汉彩色泥塑，为宋、明之作。技法精湛，神态各异，喜怒哀乐，栩栩如生，梁启超称其为「海内第一名塑」；刘海粟题：「灵岩名塑，天下第一，有血有肉，活灵活现。」

清平乐·壶口观瀑

黄龙天泻，猛虎翻腾跃。贯耳霹雷峡欲裂，万马千军奔切。

卷沙裹浪挟风，喷烟吐雾飞虹。壶口一收直落，排山夺路向东。

二〇〇二年四月初

注：

【壶口】黄河壶口瀑布，位于山西省吉县与陕西省宜川县之间。黄河在流经吉县龙讪附近时，河床猛然由四百米的宽度收敛为五十米，滔滔万顷黄水，呈茶壶注水之势，直泻而下，形成瀑布。《尚书·禹贡》曰：「盖河势北来，至此全倾于西崖之脚，奔放而下，约五六百尺，悬注漩涡，如一壶然。」

七律·游袁家界

濛濛细雨探奇峰，
漫步天梯上九重。
云注云来藏峻秀，
雾弥雾散露峥嵘。
深渊万丈桥飞壑，
大笋千根柱砥空。
叠嶂翠屏天作画，
无由不信有神工。

二〇〇三年十月五日

注：

【袁家界】张家界森林公园的北部。后依群峰，正瞰幽谷，山剑森列，层峦叠嶂。

【深渊万丈桥飞壑】在袁家界有一座宽仅三米、厚五米、跨度约五十米、相对高度达三百米的天然石板飞架两峰之上，气势如虹，人称「天下第一桥」。

七绝·春日游岚山

又是岚山细雨时，
和风携绿上新枝。
樱花争放谁来了，
大地冰融万物知。

二〇〇七年四月

江城子·博斯普鲁斯海峡大桥

双峡自古扼咽喉。看群舟，竞争流。欧亚青山，对望慕鱼游。何日飞虹凌海架，一步跨，梦中求。

而今钢柱耸桥头。挂长绸，贯两洲。车马如梭，丝路正方遒。东注西来通无有，黄白黑，各千秋。

二〇〇二年四月十八日

注：

【双峡】指博斯普鲁斯海峡与达达尼尔海峡，是黑海沿岸国家出外海的惟一通道。横跨海峡的博斯普鲁斯大桥连接欧亚大陆。

虞美人·埃及古谜

狮身人面情谁晓？塔秘藏多少？太阳神舰驶何方？法老安然一觉睡多长？

千年求索谜仍在，只是寻者改。当疑璀璨有天工，更信人识自己破题中。

二〇〇二年四月

注：

【狮身人面】著名的狮身人面像，又称〔斯芬克司〕，位于埃及开罗市西距胡夫金字塔约三百五十米。

【塔秘藏多少】埃及金字塔位列世界古代七大奇观之一，是古代埃及法老为自己及王后建造的陵墓。建造之谜至今尚未破解，其中蕴藏着一套相互联系至今无人破译的关于度量衡及天文、数学、几何和宇宙的信息。

【太阳神舰】太阳船是古埃及胡夫法老生前使用的一艘御船。古埃及尊太阳为创造万物、主宰一切的真神。法老渴望享受太阳神的永恒生活，因而仿制太阳船，置于金字塔旁。以便死后其灵魂与太阳神一样，乘船遨游太空。

【法老安然一觉睡多长】人死后经过特殊处理尸体不腐，称为木乃伊。在埃及国家博物馆珍藏着二十七具法老和王后的木乃伊，虽距今已三千多年，但其皮肤和毛发清晰，安然静卧，容貌与常人无大差别。

青玉案·春夏秋冬四首

寻春

春天悄悄生何处？乘归燕，新芽住。踏草寻芳香引路。俏了杏花，忙了布谷，惹得群蜂舞。
开河顺水移舟渡，暖地催苗破土出。借得昨宵丝润雨。吮了甘露，绿了千树，何处无春驻？

一九八一年春

消夏

骄阳烈烈消何处？小桥外，深山住。茂木遮空无影路。蹚着清涧，傍着幽谷，碧草习习舞。　亭间坐看云飞渡，溪畔卧听曲流出。不废洗天催赋雨。得陶然句，种连荫树，心静何炎驻。

二〇〇二年夏

迎秋

秋风飒飒留何处？染红叶，香山住。吹落黄花洒满路。沾了白露，熟了金谷，伴雁南飞舞。

帆扬兮满穿梭渡，菊展姿奇婀娜出。夕照长虹七彩雨。红了苹果，弯了梨树，白发喜颜驻。

一九八一年秋

送冬

琼花袅袅飘何处？漫无际，梨枝住。满目茫茫难见路。皓弥云海，素装群谷，谁持银绸舞。

风寒自有梅香渡，夜尽正迎太阳出。雪化冰融犹胜雨。沃了荒野，醒了眠树，只待春回驻。

二〇〇二年冬

注：

【乘归燕】家燕是一种候鸟。据考证，每年秋季飞离我国，来年新春二月从东南亚一带飞回我国，途经广东，三月初抵长江中下游地区，四月初过黄河，同月底在北京等地可见踪影，此时正值春回北国大地之际。

【俏丁杏花】杏属蔷薇科落叶乔木，花期四月，果期六七月，诗人笔下常为报春花。南宋诗人叶绍翁有名句：「春色满园关不住，一枝红杏出墙来」。

【忙了布谷】布谷即大杜鹃，别称有子规、催耕鸟、春魂鸟等。宋诗人高伯启《子规》：「催归催归谁归去？惟有东郊农事忙。」

【开河顺水移舟渡】意指春天冰融河开，百船顺水可渡。宋朱熹《观书有感》：「昨夜江边春水生，艨艟巨舰一毛轻。向来枉费推移力，此日中流自在行。」

【借得昨宵丝润雨】唐杜甫《春夜喜雨》：「随风潜入夜，润物细无声。」

【染红叶，香山住】香山位于北京西郊。陈毅元帅有诗云：「红叶遍西山，红于二月花。」

附录篇

《马凯集》自序

一九四六年六月，我出生在山西省兴县八路军的一个医院里。为了纪念抗日战争的胜利，父母给我起名为「凯」，后来才知道唐人宋之问有诗云：「闻道凯旋乘骑入，看君走马见芳菲。」出生后不久，我被寄养在老乡家中。老乡待人很好，但毕竟太穷，每天只能吃些黑枣面做的糊糊，我浑身发青，死活难辨，有人甚至劝老乡把我扔到野外算了。但好心的老乡辗转找到了我父母。一岁多我又重新回到父母身边，不久便迎来了祖国的解放，也算是生还逢时吧！

一九五三年入西安市西北保育小学就读，一九五五年随父母来到北京继续读小学。一九五九年考入北京四中，一九六五年高中毕业后，因病未参加高考，留在北京四中任教，直至一九七〇年底。十一年在四中的学习、工作，对我一生的成长起了奠基的作用。勤奋、进取、严谨、朴实的四中传统，潜移默化地感染着我、培育着我。她不仅给了我较为扎实的基础知识，更为重要的是给了我获取和掌握知识的独立能力。

一九七一年开始，下放到北京市郊区的「五七」干校劳动。平沙丘、修水渠、插稻秧、割小麦、起猪圈、拉粪车，整整干了两年。一九七三年由干校调到北京市西城区委党校任教，以教哲学、政治经济学为主，直至一九七九年考入中国人民大学。在干校和党校的九年，可以说是读书、思考的九年。面对文化大革命呈现出的种种疑云，我们几个四中至交，曾拟定了「时代、使命、准备」的读书、研究大纲。那时真有点像列宁对一九〇五年俄国革命失败后所描绘的那样：千百万人骤然从长梦中觉醒过来，一下子碰到许多极其重要的问题，他们是不能在这个高峰上长久地支持下去的，不免要停顿一下，不免要回转去复习基本问题，不免要经过一番新的准备工作，好「消化」那些极其丰富的教训。这就自然而然地、不可避免地要产生「重新估计一切价值」，从头研究各种基本问题，重新注意理论、注意基本常识和初步知识的趋向。大家拼命地读书、思考，有时通宵达旦地讨论，找寻思想武器，试图解开一个又一个疑团。记得，当大家读到马克思在《德意志意识形态》中写的「生产力的这种发展之所以是绝对必需的实际前提，还因为如果没有这种发展，那就只会有贫穷的普遍化，而在极端贫困的情况下，就必须重新开始争取必需品的斗争，也就是说，全部陈腐的东西又要死灰复燃」的时候，似乎一下子透过层层浮云，看到了文化大革命的悖谬所在。在这期间，我通读了马克思、恩格斯、列宁的主要著作，并教授过《反杜林论》、《唯物主义与经验批判主义》、《哲学笔记》（部分）等。特别是，大约有一年之久，几乎每天晚饭后要用一两个小时逐段逐节读《资本论》一至三卷。当时，一个突出的感觉是：自己深深被马克思的逻辑和方法征服了。这一个时期，哲学、政治经济学方面的读书和教学，对后来的研究和工作产生了重要的影响。

一九七九年考入中国人民大学政治经济学系，在徐禾、卫兴华、吴树青诸导师门下当研究生。入学不久，便要求确立毕业论文的研究方向。当时，文化大革命刚刚结束，处于崩溃边缘的我国经济正在百业待兴。与此相应的，经济理论也正在拨乱反正。在实践标准、生产力标准重新确立的前提下，一些曾被视为资本主义东西的「商品」、「利润」等被正了名。全国都在探索振兴经济之路，「计划与市场」问题、价值规律作用问题成了讨论的热点。当时我感到，无论是宏观调节还是微观搞活，无论是计划调节还是市场调节，价格都是「结合部」。同几位至交多次商量，研究方向确定为「社会主义价格问题」。没想到，这次研究生毕业论文题目的确定，竟决定了我此后研究和工作的方向。在研究生三年学习期间，我一下子深深地钻进「价格」之中，学什么课程，都同研究价格紧密联系在一起。在《资本论》课程中，侧重研究《资本论》中的商品、价值、货币、价格、成本、利润、平均利润、生产价格等与价格有关的一系列论述；在经济思想史的课程中，研究人类揭开价格之谜的认识史；在苏联东欧经济理论的课程中，则侧重研究其价格调整或改革的理论与实践；在宏观经济学和微观经济学的课程中，仍然侧重研究不同市场条件下价格形成和运动变化的问题等等。毕业前，顺利通过了题为《计划价格形成的因素分析》的硕士论文答辩。这篇论文，力图揭示当时仍占主体的计划价格的本质及形成、运动的规律，针对长期以来我国计划价格管理主观意志强又比较僵死的问题，说明计划价格也应当建立在价值规律的基础上，并受货币流通规律、供求规律以及社会主义经济其他规律的支配，应当变单一的固定计划价格形式为固定计划价格和浮动计划价格相结合的价格形式。这种对社会主义价格形成和运动的认识程度，是与当时的社会主义商品经济理论的成熟程度以及价格改革的实际进程相适应的。从方法论上，可以明显地看出马克思「从抽象上升到具体」的逻辑方法的烙印。

一九八二年研究生毕业后，虽然经过小的曲折，但最终如愿以偿，被分配到国家物价局物价研究所做研究工作，参加了国务院价格研究中心的理论价格测算和价格改革规划方案设计工作。「双渠价格」曾作为理论价格的一种方案进行过试算。

正当我想充分利用国家物价研究所和国务院价格研究中心的得天独厚的条件，潜心研究价格理论时，几位至友对我进行了「诊断」，劝我投身于实际的经济运行中去，增加一些「实感」。经过同「理论偏好」的「痛苦」斗争，我「下海」了。一九八三年到西城区人民政府工作，先是当计委主任，后又当副区长分管经济工作，广泛接触了一个地区的计划、财政、税收、物资、物价、劳动、工商行政管理以及集体经济等工作。一九八五年又调到北京市经济体制改革办公室任副主任，主持日常工作。参加了首都经济发展战略的研讨工作，在各方面的支持下，综合财政、税收、金融、投资等多方情况，研究、提出了首都建设资金的战略及具体政策措施，在首都的经济发展和建设事业中已显成效。这一年，正是中共中央《关于经济体制改革的决定》制定后，全面推进城市经济体制改革的第一年，全国迈出了放开猪肉等鲜活副食品价格以及完全放开计划外生产资料价格的步伐。我有幸被借调到国家物价局，参加了整个出台方案的调查、测算、研究的具体工作，从中了解了问题的提出、方案的多次变化和原因以及最后决策的全过程，开始真正懂得一些社会主义价格形成、运行和管理的实际特点，感受到了价格矛盾的交错、尖锐和复杂。

一九八六年三月，我又调任北京市物价局局长至今。在物价工作的第一线，在各种矛盾的「焦点」上，广泛接触了农产品、重工产品、轻工产品等价格以及多种服务收费，天天同代表各种不同利益要求的人打交道，解决了一批棘手的价格矛盾，又冒出一批新的价格矛盾。消费者要求稳价，生产者、经营者又要求涨价；一些人责备物价局是「涨价局」，一些人责备物价局是「压价局」等等。短短的两年半时间，我饱尝了物价工作的「酸、甜、苦、辣」，但也逐步品出了中国物价问题之「味」。本文集收入的关于价格改革势在必行、关于价格改革的约束条件和地位作用、关于价格改革的目标模式和方式途径、关于价格改革中的物价上升和通货膨胀、关于价格改革中的收入补偿、关于价格改革中的观念更新等等问题的文章，或许能反映出其味之一斑吧！

六年来，在实际经济运行的海洋里游泳，一个重要的体会是：「纸上得来终觉浅，绝知此事要躬行。」从基层做起，在第一线操作，这对我继续从事价格理论研究已经并且还将继续发生重要的影响。社会主义价格形成和运行的实践不断提出许多新的问题，需要人们去不断探索。我并不认为本文集的所有观点都是正确的、完备的，但我相信它

能反映出一个真诚的探索者的足迹。

最后，我还想说明的是，如果说近十年来，我之所以能在学业、理论研究和工作上有所长进，这里也凝结着我的妻子袁忠秀的心血。这不单是说，为了支持我的学习和工作，她担负了不算轻的家务，使我无后顾之忧地不断奋进，而且是说，过去作为一个深受学生们热爱的哲学、政治经济学教师，现在作为一家理论刊物的编辑，她在学业切磋、理论探讨以及文字润色上也常常能助我一臂之力。

一九八八年七月写于北京

《改革：参与和思考》自序

《马凯集》一九九一年出版至今已十年了。书中选编了我在上世纪八十年代所写的十八篇经济理论文章。记得是在一九九九年，热心的黑龙江教育出版社的领导和编辑提出，希望我在《马凯集》的基础上补充九十年代的文章后再出版一部文集。盛情难却，我允诺了。但由于公务缠身，两年过去了，一直未兑现。后来，忙里抽空，断断续续，几经筛选，现在新的文集——《改革：参与和思考》总算脱稿了。与《马凯集》比，原选入的八十年代文章减少了八篇，增补了九十年代的文章三十篇。《马凯集》的「自序」写到八十年代末，那么，续「自序」就从九十年代写起吧。

九十年代，是我国改革和发展史上极其不平凡的年代。这一时期，在经济体制改革方面，我们党总结了前十多年改革的实践，逐步确立了建立社会主义市场经济体制的改革总体目标，各个领域、各个方面的改革都取得突破性进展；在经济发展方面，我国经历了「治理整顿」末期的经济下滑、一九九三年下半年出现的一度「经济过热」以及到一九九七年成功地实现了经济「软着陆」，之后，又成功地抵御了亚洲金融危机的冲击；在经济理论方面，与改革和发展的实践相适应，我国经济理论界空前活跃，改革与发展的理论不断深化，在多方面也取得重要突破。

在这不平凡的年代，我有幸始终置身于改革和发展的第一线，亲身经历和观察了这一时期若干重大改革方案和发展谋略的出台背景、决策过程、实施中的碰撞以及实际效果等，收获甚大，感触良多。这些收获和感触，有些记录在这一时期写的一些文章中，有些则尚未来得及或尚不具备条件整理成文。这次增选的文章，大体反映了九十年代自己工作、学习和认识变化发展的脉络，或许从这个小小的方面，也可以反射出我国改革和发展事业以及与之相适应的经济理论发展之一斑。十年的时间是短暂的，但实践是丰富的。

一九八八年我离开了北京市物价局，调任国家物价局副局长，直至一九九二年。这四年，自己的工作从参与一个局部地区（北京市）的物价改革和管理工作，扩展到参与全国的物价改革和管理工作。当时分管价格综合司、农产品价格司、轻纺产品价格司、涉外价格司、价格法规司，主要研究价格宏观调控方面的问题，重大农产品、轻纺产品价格形成机制和价格结构问题以及涉外价格政策问题等。按照一手抓「调」（即有计划地调整不合理的价格，改善历史遗留下来的扭曲价格结构），一手抓「放」（即有计划地放开价格，逐步让价格从政府部门回到市场里去，在竞争中形成），价格改革不断取得重大进展。通过「放」，使市场形成价格的比重进一步提高。一九九二年底与一九八八年比，全国政府定价的比重，在农产品收购价格总额中由百分之三十七下降到百分之十二点五，在工业品出厂价格总额中由百分之六十下降到百分之十八点七，在社会商品零售总额中由百分之四十七下降到百分之五点九。通过「调」，使主要农产品、原油、煤炭、运输等基础产品价格偏低的矛盾逐步缓解。记得一九九一年和一九九二年，在国务院领导下，我们会同有关部门研究提出并经批准组织实施了调整城市居民口粮价格的方案，解决了三十多年积累下来的粮食购销价格倒挂的老大难问题，为取消粮票、放开粮食销价创造了条件。那时，人们无论是经济承受能力还是心理承受能力都还较低，「谈价色变」，但在国务院领导下，各地人民政府和有关部门共同努力，粮价改革方案实施相当顺利，当时有一家报纸斗大字的标题是「粮价改革，天动地不摇」。

一九九二年政府机构改革，国家物价局被撤销，中央政府物价管理职能并入国家计委，我也离开物价战线调任国家体改委副主任，直至一九九五年。这三年，自己的工作从参与全国的价格改革和管理工作，扩展到参与全国其他各领域的经济体制改革工作。按照委主任的分工，较多地参与了我国宏观调控体系、市场流通体制以及农村经济体制的改革。这一时期，收获最大的是，我更多地接触了中国的农村，粮、棉主产区几乎都去过，沿海发达农业区也去过，增加了对中国国情的实感。根据国务院的部署，组织十几个部门研究了粮食、棉花流通体制改革。基本结论是：我国粮食、棉花体制改革必须坚持市场取向，建立国家宏观调控下主要靠市场配置粮食、棉花资源的体制，但目标不能代替过程。改革的领导艺术在于：坚持方向，创造条件，实现平稳过渡。这一时期，还着重研究并积极推进了农村县域经济和小城镇的发展，较早提出「只有减少农民，才能富裕农民」。我深感，九十年代以后的农业、农村、农民问题，已经不可能仅仅通过农村自身来解决，而是需要超越农村和微观层次，通过在更大的范围实现城乡土地、劳动力、资金等生产要素的重新组合。通过加快发展小城镇，更大规模地转移农村富余劳动力，这是解决农村深层次矛盾的现实选择。为此，我们又联合十几个部门的同志，研究制定了促进我国小城镇改革和发展的总体思路和配套政策，并选择若干地方进行试点，取得一定成效。

一九九五年我离开了国家体改委，调任国家计委副主任，直至一九九八年。这三年，我重新回到了物价战线，在委里主要分管价格调控、管理、监督检查工作。记得刚到计委工作时，由于我国出现「经济过热」，一九九三年和一九九四年连续两年发生严重的通货膨胀，全国零售物价涨幅分别为百分之十三点二和百分之二十一点七。面对这种形势，抑制通货膨胀成为这一时期国家宏观调控的首要任务，也成为物价工作的中心任务。经过全国上下的艰苦努力，我国成功地抑制了通货膨胀，其标志是：物价涨幅回落到合理水平，同时又保持了较高的经济增长速度。一手管住货币，控制总需求过快增长，特别是固定资产投资过快增长，一手增加有效供给，特别是大力加强农业，增加粮食等主要农产品的供给，是成功抑制通货膨胀的根本措施。物价战线的同志们正确分析物价走势及其原因，加强和改进物价管理，对成功地抑制通货膨胀也发挥了积极作用。这次选入当时写的几篇文章，试图对我国成功抑制通货膨胀的这一重要实践及其丰富的经验进行探讨。这一时期，在与通货膨胀斗争的同时，价格改革不但没有停顿，相反又有了长足进展。价格放开的范围进一步扩大，到一九九七年底市场形成价格在我国各类商品价格中已居绝对主导地位，价格结构也日趋合理。

在国家计委工作期间，除了分管物价工作，也分管委内财政金融司。计委的财政、金融工作，与财政部、人民银行等部门的工作角度有所不同，它不应也不可能代替财政、银行部门的职能和工作，它应更宏观、更综合。社会主义市场经济条件下的宏观管理，本质上是要实现从计划经济条件下的实物管理转向市场经济条件下的价值调控。在市场经济条件下，如果把整个经济运行抽象出它的物质外衣和社会关系，就可以简要地描述为各经济主体之间的资金交换关系，或者说资金流的运动过程：各经济主体之间的资金，此支彼收、此收彼支，相互联系、首尾相接，循环往复地运动着；在运动中，不断推动着经济总量的扩张、经济结构的改善、经济素质的提高以及经济利益的分配和再分配。在实际工作中，我深感对我国资金运行的分析、把握和调控存在一个明显的缺陷：大都是仅仅对某类资金（或财政资金，或信贷资金，或企业资金，或居民资金，或国外资金等）作单独考察，缺乏把它们联系起来从总体上把握，这不能不对宏观调控的针对性、有效性带来不利影响。为此，在委主要领导支持下，我商财政部、人民银行、统计局等单位联合成立了「全社会资金配置与宏观调控」课题组。经过近两年的研究，取得一些初步成果，主要反映在课题组的最终成果《中国社会资金研究》一书中。这次，收入了我写的开题篇。但总体上讲，这一重大课题，在我国还刚刚破题。

一九九八年三月新一届政府成立后，我又离开了国家计委，调任国务院副秘书长，从过去参与一个部门的工作到协助国务院领导同志，联系计划、金融、农业、林业、水利、国土资源、城建、环保等方面的工作，视野不断开阔。这近四年的工作，无论是广度还是深度，都是以往无法比拟的。由于工作性质和特点的原因，虽然这几年没有像在地方和部门工作时那样，能够经常独立地撰写一些文章，但在宝贵实践中学到的东西，思想修养、认识能力乃至理论素养的提高却是以往无法比拟的。这段时间，没有长篇大论的文章，但「抽闲」写了一些小诗小词。本文集选择了这段时间以及在这之前的诗词习作，权作对一九九八年至二〇〇一年文章空当的「补白」吧！

二〇〇一年十二月二十九日

繁荣和发展中华诗词

在中华诗词学会创作座谈会上的讲话

各位学长、各位诗友、同志们：

来参加这次会，感到非常高兴。这是中华诗词界的一次盛会。首先，我向获得中华诗词终身成就奖的五老表示热烈的祝贺！五老获此殊荣是当之无愧的。一方面他们自身创作了大量脍炙人口的诗词篇章，另一方面他们桃李满天下，为推动中华诗词的复兴作出了突出的贡献。

在高兴之余，我又感到诚惶诚恐。因为在这次活动也是首发式首发的集子中，孙老、霍老、李老、刘老都是当之无愧的诗词大家，而我自己呢，只不过是中华诗词的一个业余爱好者，或者说是一个诗词「票友」。我曾多次讲过，于诗词之道，自己仍是一只脚在门外，一只脚正在向门里迈，还没落地。我的习作里，像失粘、失对、孤平、合掌、重字以及或辞不达意或因辞害意等毛病还不少。许多在座的和不在座的一些学长、诗友，他们的诗词造诣要比我深，诗作成就要比我大，但是第一批出了我的诗集，我想也许是为了照顾一个方面，即对诗词「票友」的一种鼓励。

刚才听了周笃文老先生和其他同志对我诗词的一些点评，更觉得其实难副。人贵有自知之明。学长、诗友们讲了许多肯定的话，我心里明白，这实际上是对我的一种鼓励和鞭策，更多的是我今后努力的方向。近些年来，与中华诗词界的学长、诗友们接触多了，确实受益匪浅。像叶嘉莹老师曾在信中鼓励我：「要用生命创造诗篇，用生活实践诗篇。」霍松林老师也对我说：「要在语言的筛选、提炼上下功夫。」刘征老师看了我的《抗洪组诗》之后也说：「写诗就是应该反映处于我们时代前沿的、风口浪尖上的重大事件。」我这个小册子诗集作为增订本，和上一本相比也有了一些改进，包括诗集的编排、文字提炼润色，很多同志都提出了非常宝贵的意见，其中不乏「一字之师」。在今年抗震救灾期间，我和全国人民一样，情感受到了极大的震撼，确实有一种不吐不快的感觉，就一边参加抗震救灾，跟总理五下灾区，一边抽空写了《组诗·抗震十首》。草就后，寄给沈鹏、袁行霈、胡振民、郑伯农、周笃文、杨金亭等先生指正，他们都提出了一些修改意见。比如，沈鹏先生看后，一方面鼓励我说写得有激情充满情感，另一方面又提出力求「不隔」，尽量用形象的语言。我觉得他说的非常中肯，为此我特意又把王国维的《人间词话》和周振甫的《诗词例话》中关于「隔」与「不隔」的论述翻出来看了看，深受启发，一些地方就尽量去改。如第四首《铁军无前》，有两句原来是「生命走廊条条架，亲人千万转平安」，沈先生在旁边批注，认为「语较生硬」。后来改为「生命走廊肩托起，亲人过后泪满衫」，觉得稍微好了一点儿。又比如，第五首《国旗半垂》，有两句原来是「八万同胞一瞬殁，天何糊涂天之罪」。后来袁行霈先生建议改成「天何糊涂人何罪」，我觉得这两字确实改得好。我今后还要继续求教于各位学长、诗友。

中华诗词学会要出版一套诗词文库，今天的五本算是首发。这是一件好事，应该支持。我想，印诗集、编文库本身不是目的，目的还是要发展和繁荣中华诗词，弘扬中华优秀文化传统，为民族复兴和发展服务。所以我想借此机会，谈谈繁荣中华诗词的想法，和各位学长、诗友们一起讨论。

中华诗词是中华民族几千年灿烂文化的重要组成部分，是中华民族智慧的结晶，也是人类的共同财富。我和大家一样欣喜地看到，中华诗词经过一个时期的沉寂之后，重新繁荣起来。这里除了中华诗词本身有着无限的魅力之外，以毛主席为代表的老一代革命家、诗词大家有着不可磨灭的历史功绩，同时也有中华诗词界同仁们的努力和奉献。据了解，全国各级各类诗词学会数以千计，中华诗词学会仅个人会员已经数以万计；中华诗词公开和内部发行的诗词刊物有数百种之多，《光明日报》、《诗刊》都开辟了中华诗词的专栏或专页，每年发表的诗词作品达几十万首，这是个不小的数字，全唐诗也不过近五万首；经常参加诗词活动的积极分子全国有百万之众，前几年参加中国诗词朗诵工程的中小学生有七百万人之多，最近著名的作曲家谷建芬同志集中精力专攻一件事，就是为中华古典诗词作曲，推动中华诗词走进幼儿园、走进小学，受到热烈欢迎。

现在全球学习汉语的热潮此起彼伏，原来说建一百所孔子学院，现在恐怕已经有二百所了。学汉语必然要学中华诗词，学中华诗词是学汉语的一个很好途径。试问有哪一种文学作品、文学形式能有这么久的生命力，为这么多的人所喜欢？对中华诗词这么灿烂的文化，作为中国人我们感到自豪，也为中华诗词方兴未艾的形势感到兴奋。

但是在看到中华诗词正在兴盛的同时，也要有危机感。在去年诗友们的一次聚会上我专门谈了自己的这个看法。古人有云：「知其所以危则安矣，知其所以乱则治矣，知其所以亡则存矣。」当时我曾提到，应该考察和分析新诗可能正在走下坡路的这种历史现象。「五四」运动以后，新诗蓬勃发展，创作出许多杰出的作品。远的不说，新中国成立以来，从郭沫若、臧克家到艾青、郭小川、贺敬之等，写了一大批的作品，我们这一代人是朗诵着他们的诗歌长大的。但是一个时期以来，不是说没有好的新诗，但相当多的新诗已经成为「个人的独吟」、「小圈子的玩物」，大众看不懂了，读者越来越少了。这里的原因在哪儿？我觉得是值得认真反思的。可喜的是，在这次抗震救灾过程中，新诗发生了「井喷」现象，涌现出了一大批感人肺腑的诗作，创作之快、数量之多、传播之广、感人之深，是前所未有的。我曾开玩笑地说，「地震救新诗一命」，希望这种势头能保持下去。而在这个时期，反映抗震的格律诗相比之下似乎略逊一筹，不知大家是否有这种感觉，这里的原因我觉得也是值得深思的。

在总结反思的基础上，我想繁荣和发展中华诗词，要作多方面的努力，至少要处理好这样几个关系：一是要处理好继承和创新的关系。在继承的基础上创新，在创新的过程中更好地继承，两者必须兼重。千万不能丢掉传统，也千万不能没有创新。丢掉传统，中华诗词就会失去根基，就不成其为中华诗词，而会自我「异化」为其他文学形式，比如成为散文诗、顺口溜等等，结果是名存实亡；没有创新，中华诗词就会丧失活力，如果内容和形式脱离时代、脱离生活、脱离大众，也会被「边缘化」，走向没落。丢掉传统和没有创新，二者殊途同归。至于如何继承传统，如何有所创新，如何更好地把二者结合起来，有些想法将来可以深入交流。二是要处理好普及和提高的关系。在普及的基础上提高，在提高的指导下普及，两者相辅相成。目前，每年创作的中华诗词的数量已相当大，但中华诗词的繁荣不仅看数量，更重要的是看质量。我赞成诗词学会提倡的「精品战略」。写作如果都是千人一面、千篇一律、千事一腔的话，大众就会产生视觉疲劳，中华诗词在广大群众中就会丧失感召力、吸引力，当然精品、力作又是在大众的沃土中生长的。三是要处理好旧体诗和新体诗的关系。要齐开并放、相互促进。要让古典诗词、新诗、民歌、歌词等多种诗体互相取长补短，还要把中华诗词和书法、绘画、吟唱等结合起来。本来诗书画唱就是不分家的。四是要处理好诗人和大众的关系。诗词要繁荣发展，诗人离不开实践，真正的好诗也不会脱离时代远离生活远离群众，诗人应该走出诗界的小圈子，反映时代贴近生活服务大众，这是中华诗词的生命力所在。五是要处理好做人和作诗的关系。沈鹏先生讲过一句话：「诗人，首先应当是一个真正的人。」我是非常赞成这句话的。以上这些想法，只是抛砖引玉，供大家参考，共同探讨。大家都是为了一个共同目的：让中华诗词繁荣发展，永葆活力。

二〇〇八年十二月二十日

知古倡今　求正容变

在《缀英集》编辑出版暨中华诗词创作座谈会上的讲话

首先，对《缀英集》的出版表示热烈的祝贺！《缀英集》是诗词界出版的一部品位高、质量高、历史厚重的力作。

我多次讲过，自己只是一个中华诗词的业余爱好者，或者说是一个中华诗词的「票友」。上中学的时候，一两角钱买了一本王力先生的《诗词格律浅说》，这是我的启蒙读物。后来陆续有一些习作，在夫人和友人的怂恿下，也出了一本小集子。在这个过程中，我得到了很多诗界学长、诗友的指点和帮助。比如，前年我曾经专门拜访过袁行霈馆长，他给我很大的帮助，鼓励我写诗一定写出自己的风格，在国家经济发展第一线工作就要写出能够反映一线工作的重大题材。这对我鼓励很大。我还请教过入声字怎么处理的问题，袁先生也给我出了主意。今年抗震救灾期间，我跟总理五次到灾区，感触很深，真有一种不吐不快的感觉，写了《组诗·抗震十首》。草就后，我将诗寄给袁行霈、沈鹏、郑伯农、周笃文、杨金亭等老先生和胡振民等同志。他们非常认真给我提了很多建设性的修改意见，我觉得提得都很好。只举一个例子，第五首是《国旗半垂》，其中有两句原来是：「八万同胞一瞬殁，天何糊涂天之罪。」一瞬间八万人遇难了，老天爷怎么这么糊涂啊，犯下这么大罪过。袁先生建议把最后几个字改成「天何糊涂人何罪」。这两个字确实改得很好。我希望以后在座的和不在座的学长、诗友对我有更大的帮助。

当前，中华诗词在沉寂了一个时期后，已经从复苏走向复兴。这是一种历史的必然，首先这是中华诗词自身的魅力所在。中华诗词是以汉字为文字载体的诗歌。汉字本身是人类的伟大发明。它是有「四声」的方块字，把语言和音乐、字形和字义、文字与图画等绝妙地结合起来，这是以拼音为特征的其他文字所不可比拟的。发挥中国汉字这个特有优势写出的格律诗，具有内在的魅力，其内涵之深、形式之简、音韵之美、数量之多、普及之广、流传之久、影响之大，是许多其他文学形式难以同时具备的，也是世界上用其他文字创作的诗歌难以比拟的。中华诗词的复兴，以毛主席为代表的老一辈革命家、诗词大家有着不可磨灭的历史功绩，同时也有在座和不在座的中华诗词界同仁们的努力和奉献。现在全国中华诗词作者队伍有几百万之众，学诗、读诗、背诗、懂诗的更以亿计。全球学习汉语的热潮此起彼伏，学习汉语必然要学习中华诗词，体验汉语的魅力。我们对中华诗词发展的势头感到由衷的高兴。

在看到中华诗词发展的同时，也要有危机感。我多次呼吁，要认真反思新体诗走过的道路。老一代的诗人创作了很多脍炙人口的新体诗，我们这一代人是朗诵着这些新体诗长大的。然而一个时期以来，不是说没有好的新体诗，但许多新体诗越来越远离读者、远离大众，一些新体诗杂志订阅量急剧下降。格律诗要从中吸取经验教训。现在每年发表的格律诗达几十万首，但是会不会在繁荣过后也走下坡路，应该警惕。这次四川汶川大地震期间，新体诗发生了「井喷」现象，一下子涌现出一大批像《孩子，快抓住

妈妈的手》的新诗，感人之深、数量之多、速度之快、影响之大，也是空前的。希望新体诗的这种势头继续保持下去。与之相比，格律诗则稍逊一筹了。这是不是也值得中华诗词界认真思考呢？所以，进一步研究诗词包括新体诗和旧体诗的发展现状、问题和趋势是非常必要的，经过比较从中可以找出规律性的东西。

我曾在其他会议上提出发展和繁荣中华诗词要处理好五个关系，即：继承和创新的关系，普及和提高的关系，新体诗和旧体诗的关系，诗人和大众的关系，作诗和做人的关系。我希望诗界朋友们为中华诗词的发展和繁荣，深入地研究这些问题。这里，我仅就继承和创新的关系谈一点想法。我认为有两个「千万不能」。一是「千万不能丢掉传统」。丢掉传统，不讲基本格律，中华诗词就不成其为中华诗词，就会自我「异化」为别的文学形式，比如说成为散文诗、顺口溜或者其他，虽然形式上还是「七言」、「五言」、「某某词牌」等，但实际上已经名存实亡。为此，建议加强对诗词格律基本知识的普及工作，多搞一些大众化的讲座，多做一些培训、教育、宣传普及方面的工作。二是「千万不能没有创新」。没有创新，中华诗词就会丧失活力，就会脱离时代、生活和大众，也会被「边缘化」。丢掉传统而自我「异化」，与没有创新而被「边缘化」，二者殊途同归，都会使中华诗词丧失生命力。

处理好继承和创新的关系，一个重要方面是要正确处理诗词格律问题。刚才我已经谈了，既然要作格律诗，就要符合基本格律，不讲格律，就不是格律诗，但在这个前提下也要与时俱进。比如，在「音韵」上，有主张严守「平水韵」的，也有主张用「新声韵」的。我赞成中华诗词学会主张的「知古倡今」。「平水韵」至今已七八百年了，七八百年来语音已发生了很大变化，普通话已成主流。如果一味固守「平水韵」，有些诗词用「平水韵」读朗朗上口，但用普通话读会很拗口，中华诗词就会失去众多读者。随着语音变化倡导「新声韵」有其必然性，但又必须「知古」。如果不懂得「平水韵」，就不能很好地欣赏中华古典诗词之美。唐诗宋词很多入声字用得非常好，用现代语音就读不出韵味来。在「平仄格式」上，我主张「求正容变」。所谓「求正」，就是要尽可能严格地按照包括平仄、对仗等格律规则创作诗词。因为这些是前人经过千锤百炼，充分发挥了汉字的特有功能而提炼出的，是一个「黄金」格律，不能把美的东西丢掉。但也应「容变」，即在基本守律的前提下允许有「变格」。实际上很多诗词大家包括李白、杜甫，很多诗词名篇，「变格」也不是个别的。一位老先生曾说，有些诗，情真味浓，虽偶有失律亦能感动读者，不失为好诗；反之，则虽完全合律，亦属下品。我赞成这种说法。总之，我认为在音韵上要「知古倡今」，在格式上要「求正容变」。当然，所谓「创新」，不仅指在音韵、格式等形式上要与时俱进，更重要的是指在内容上要与时俱进：中华诗词必须也能够反映时代的精神风貌，反映当代人的情感和生活。

二〇〇八年十二月二十三日

诗人首先应该是一个真正的人

很高兴参加沈鹏先生诗词研讨会。我想，这次研讨会，不仅是在评论沈先生的诗词，而且是在探讨如何继承、发展和推动中华诗词事业。参加这样的研讨会，会学到很多东西。我不是诗评家，只不过对中华诗词情有独钟，业余爱好而已。但既然应邀参加了沈先生的诗词研讨会，也就谈谈感想。

诗是心灵的窗口。读沈先生的诗词，感受到的是纯、真、静的心境。他长期做编辑工作，为作者服务，却无怨无悔，有诗云「为人作嫁心头热，处事无私天地宽」；他成就斐然，却不事声张，有诗云「老谋实事厌张扬」；面对浮躁的世风，他不为所动，有诗云「名利是非身内外，声光杂沓影徘徊」、「洁来洁去了牵挂，有际无涯归自然」；他赞扬孔繁森「心存天地独遗我，路到家门偏失踪」，这也是他自己心灵的独白。

是大家常说家常。沈先生提倡作诗要「宁肯浅近不故弄玄虚，宁可平实不故作深奥」。他的诗，清新、简洁，不用生字，更无诡怪造语，但常能平中出奇，俗中见雅。许多诗句，看似平淡，食之清香满齿。请看：「花落花开都是画，风吹雨打总成诗。」信口吟来，饶有回味。再看：「久雨初晴色色新，山光峦表逐层分。路回忽听风雷吼，百丈飞流大写人。」这是诗？这是画？正是诗中有画，画中有诗。沈先生很赞赏聂绀弩，其实沈诗与聂诗似有相通，写来似不经意，读起耐人寻味。有诗云：「日日挤奶，质量平常。为人作嫁，有时瞎忙。但问耕耘，忘看夕阳。」谐中见庄。又云：「无担可挑僧不少，九龙治水首长多。」切中时弊。再云：「愧对白衣频嘱咐，贪灯开卷又清狂。」（《吊瓶输液》）让人忍俊不禁。

适应而又超越。这是沈先生诗词之道的重要见地。对此，我十分赞成。「适应」，就是要符合中华格律诗词的基本规则，否则就不成其为「中华格律诗词」，而是变成别的什么文体如新诗、顺口溜、散文等；「超越」，就是要与时俱进，融入时代的内容和特点，顺应语言的变化，否则就会失去广大读者。不「适应」，无异于自我异化；不「超越」，无异于作茧自缚。二者殊途同归，都会使中华格律诗词丧失生命力。

功夫更在诗外。作诗，沈先生十分重视诗内功夫，认为写诗，首先要立意、求真，「宁可十年不作，不可一作不真」；强调要「炼字」，为此，要熟读好诗、多读韵谱、长于推敲。一次，他拿山与霍松林先生的和诗，其中「岂唯韵语接唐音」一句，究竟用「接」好，还是用「继」好，多方与人切磋，这种「吟安一个字，捻断数茎须」的精神，真堪学习。他更重视诗外功夫，认为「诗外功夫诗内得」。何谓诗外功夫？人品、情操、悟性、阅历、文化底蕴、洞察能力等等皆是。当然，正如先生所云：「诗人首先应该是一个真正的人。」

二〇〇六年三月

图书在版编目（CIP）数据

心声集/马凯著. －北京：作家出版社，2009.9
ISBN 978－7－5063－5074－7

Ⅰ.心… Ⅱ.马… Ⅲ.诗歌－作品集－中国－当代
Ⅳ.I227

中国版本图书馆 CIP 数据核字（2009）第 169240 号

心　声　集

作　　者：马　凯
责任编辑：何建明　张亚丽
装帧设计：高　亮
封面题字：马　凯
出版发行：作家出版社
社　　址：北京农展馆南里 10 号　**邮码**：100125
电话传真：86－10－65930756（出版发行部）
86－10－65004079（总编室）
86－10－65015116（邮购部）
E－mail：zuojia@zuojia.net.cn
http://www.zuojia.net.cn
印刷：北京雅昌彩色印刷有限公司
成品尺寸：152×230
字数：125 千
印张：20.5　**插页**：4
版次：2009 年 9 月第 1 版
印次：2009 年 9 月第 1 次印刷
ISBN 978－7－5063－5074－7
定价：38.00 元（精）